엄마의
글쓰기

고민이 시작된 딸에게 건네는

엄마의 손편지

엄마의
글쓰기

김정은 지음

Humanist

엄마와 아이가 주고받은 손편지의 힘

우리 가족의 보금자리 한 칸을 마련하기 위해 맞벌이를 했습니다. 바쁜 엄마와 아빠 때문에 아이들은 태어나자마자 시댁과 친정을 오가며 자랐습니다. 그러다 남편이 구조 조정과 파업을 겪고 제가 건강을 잃어 직장을 그만두게 되었어요. 큰아이가 일곱 살, 작은아이가 세 살이 되어서야 온 가족이 모여 살게 되었습니다. 부모의 오랜 부재로 생긴 아이들 마음의 상처는 예상보다 깊었어요. 가족의 총체적 위기를 헤쳐나가기 위해 아이들과 함께 도서관을 다니며 책을 고르고 읽기 시작했습니다. 함께 책을 읽은 시간이 차곡차곡 쌓이면서 우리 가족의 관계는 돈독해졌습니다.

큰아이가 열두 살, 작은아이가 여덟 살이 되자 다시 시련이 찾아왔습니다. 사춘기가 시작된 큰아이는 문을 쾅 닫았습니다. 어릴 적 마음의 상처를 다시 끄집어냈습니다. 이제 막 초등학생이 된 작은아이는 학교 가기 싫다며 아침마다 울면서 집을 나섰습니다. 가슴이 철렁 내

려앉았습니다. 함께 책을 읽는 것만으로는 부족했습니다. 아이가 힘들어하면 엄마는 어떻게 해야 할까요?

제가 큰아이만 했을 때 엄마가 써주신 손편지가 떠올랐습니다. 엄마는 제 도시락에 편지를 넣어주곤 하셨습니다. 그 시절 엄마의 편지가 있어 길고 어두운 터널 속에서 길을 잃지 않았던 걸 기억해냈습니다. 그날로 저도 아이들에게 편지를 쓰기 시작했습니다. 그렇게 쓴 편지를 아이들 가방 속에 쏙 넣어두기도 하고 잠이 든 아이 머리맡에 놓기도 했습니다. 아침부터 서로 얼굴을 붉히며 목소리를 높인 날에는 편지를 들고 아이의 학교로 헐레벌떡 뛰어가 아이의 실내화 가방 위에 살짝 두고 오기도 했습니다.

작은아이가 선생님이 무서워 학교 가기 싫다고 보챘을 때 눈 딱 감고 한 번만 더 가보자고, 받아쓰기 시험을 망쳐서 잔뜩 기죽어 있었을 땐 너 자신을 한번 믿어보라고 편지를 썼습니다. 큰아이가 과학 영재반에 도전했지만 너무 어렵다며 중간에 그만두겠다고 말했을 때 심사숙고해서 결정했다면 엄마는 네 선택을 존중한다고, 친구와 친하게 지내고 싶지만 마음대로 되지 않아 고민할 땐 엄마의 경험을 들어 우정을 가꾸기란 쉬운 일이 아니지만, 그럼에도 불구하고 네가 먼저 손을 내밀어보면 좋겠다고 편지를 썼습니다.

사춘기가 시작된 큰아이가 줄기차게 물었지만 여태 피해왔던 질문들이 떠올랐습니다. "엄마, 자위해봤어?", "엄마, 월경은 왜 여자만

해? 안 할 순 없어?", "엄마, 섹스는 어땠어?", "아이는 어떻게 나오는 거야?"…. 꼬리에 꼬리를 무는 질문은 저를 한없이 당황스럽게 만들었습니다. 말로 하긴 어렵지만 글로 쓰기는 할 만했습니다. 전문가의 언어를 인용하지 않고 제 언어로 딸에게 이야기해주고 싶었습니다. 소박하지만 진실한 언어로 저의 초경 이야기와 첫 자위의 경험과 성관계, 임신과 출산, 엄마가 된다는 것에 대해 천천히 써 내려갔습니다. 엄마도 너희와 비슷한 시기에 같은 질문을 던지고 같은 고민에 빠졌다는 걸 알게 된 아이들은 마음의 문을 활짝 열었습니다.

편지를 주고받는 사이, 아이와 저 사이에 놀라운 변화가 찾아왔습니다. 오해와 원망이 자리 잡았던 곳에 이해와 공감이 들어섰습니다. 사춘기에 접어들어 엄마를 미워하고 엄마와 싸우는 데 썼던 에너지를 아이는 자신을 발견하고 깊이 사고하는 데 쓰기 시작했습니다. 성찰하고 성장하는 두 아이를 곁에서 지켜보며 저도 스스로를 돌아보기 위해 다시 일기장을 펼쳤습니다. 그리고 제 삶에서 남기고 싶은 순간을 기록했습니다.

좋아하는 것을 선택하지 못해 후회만 남은 학창 시절과 좋아하는 일을 하지 못해 힘들었던 직장 생활에 대해, 이제라도 좋아하는 공부를 하고 좋아하는 일을 하게 된 것에 대해, 사랑하고 사랑받은 것에 대해, 상처 준 것과 상처받은 것에 대해 썼습니다. 워킹맘이라는 여성 노동자의 삶에 대해, 가부장제에 삶의 주도권을 넘기지 않고 남녀 차별과 남아 선호 사상에 맞서 저항하며 살아온 여성의 삶에 대해 썼습니다. 다시 일기를 쓴다는 건 다시 꿈을 꾸는 일이었습니다. 어렸을 적 그토록 되고 싶었던 어른의 모습을 바로 오늘 복원해내는 일이었습니다.

그렇게 쓴 편지와 일기가 모여 어느덧 한 권의 책이 되었습니다. 이오덕 선생님은 "좋은 글은 자기 삶을 있는 그대로 쓴 글"이라 하셨습니다. 그런 의미에서 제 삶을 있는 그대로 담은 《엄마의 글쓰기》는 좋은 글일 것입니다. 또 "글을 쓰는 것보다 더 좋은 인간 교육이 있는지 나는 알지 못한다"라고도 하셨습니다. 그렇다면 엄마의 편지와 아이들의 답장을 담은 《엄마의 글쓰기》는 좋은 인간 교육이 어떤 것인가에 대한 사례입니다. 자녀를 키우는 데도 자신을 키우는 데도 글을 쓰는 것만큼 좋은 건 없음을 경험했기에, 이 책을 통해 세상의 모든 엄마에게 함께 글을 써보자고 제안하려 합니다.

오해와 원망에 갇혀있던 저에게 한결같은 사랑을 베풀어주신 친정엄마, 저를 돌아보게 하고 성장하게 하는 두 아이 수민, 수린이에게 감사와 사랑을 전합니다. 이 책이 나오기까지 기획에서부터 여러 과정을 이끌어주신 휴머니스트 출판사 편집부에게도 진심으로 감사 인사를 전합니다.

2017년 6월 파주에서

김정은

차례

2부

사랑한다는 말은

-친구 사귀기가 어려운 딸에게

3부

사춘기 맞짱 뜨기

-몸과 마음이 커가는 딸에게

1부

그냥 공부 말고
진짜 공부

– 공부 고민이 시작된 딸에게

Day 1

받아쓰기 망친 날

난 안 괜찮아

"엄마, 내 책가방 열어보지 마."

무슨 일일까? 책가방을 열어보지 말라니. 아차차, 오늘은 받아쓰기 시험이 있는 금요일, 작은아이의 표정만 봐도 아이가 받은 점수를 알 것 같다. 하지만 시치미를 뚝 뗀다.

"알았어."

작은아이는 조금 놀다가 다시 와서 당부했다.

"엄마, 절대 열어보지 마. 보면 깜짝 놀랄 거야."

"응."

놀고 있어도 아이의 표정이 썩 밝지 않다. 날이 어둑어둑해지자 작은아이가 내 앞에 나타났다.

"엄마, 내 책가방 속 궁금하지 않아?"

"궁금하지."

"근데 왜 안 열어봐?"

"수린이가 보여줄 때까지 기다리고 있어."

작은아이는 조용히 책가방을 들고 와 받아쓰기 시험지를 보여주고서 내 무릎에 얼굴을 묻었다.

"그래도 한 문제는 맞혀서 다행이야. 빵점은 아니니깐."

묻었던 얼굴을 빼꼼히 들고선 내 눈을 빤히 쳐다보며 다시 물어 본다.

"엄만 괜찮아?"

초등학교 학습은 엄마 몫. 사람들은 아이가 초등학생일 때 엄마가 공부 습관을 들여야 한다고 말한다. 과연 난 괜찮은 건가? 내 아이와 나, 잘하고 있는 거 맞나? 내가 한 번도 받아보지 못한 점수를 받아온 아이를 어떻게 대해야 할까?

기억을 더듬어 내 인생 최저 점수를 받았던 날을 떠올려본다. 악보를 볼 줄 몰라 초등학교 4학년 음악 필기시험에서 60점을 받았던 그날! 누가 내 점수를 볼까 봐 두려웠고, 엄마 아빠가 실망하실까 봐 조마조마했으며, 집으로 가는 발걸음이 터덜터덜 무거웠다.

다시 아이를 본다. 받아쓰기 시험지 한 장 때문에 하늘이 무너진 듯한 얼굴을 하는 아이가 참으로 안쓰러웠다. 난 애써 환한 미소를 지어보였다.

"그럼, 괜찮지."

"난 안 괜찮아. 엄마, 언니랑 아빠한텐 비밀이야. 지금 나 많이 창피하거든."

아빠가 나서야 할 때

주말 내내 작은아이는 사사건건 언니에게 심통을 부렸다. 이유를 알 리 없는 큰아이는 억울함을 호소했고, 난 남편에게 무언의 SOS를 보냈다.

'당신이 나설 차례야.'

딸에게 아빠가 꼭 필요한 순간이 있다. 자존감이 바닥으로 추락한 날, 일단 아빠의 든든한 어깨에 한번 기대보는 거다.

“수린이 뭐 먹고 싶어?”

“피자랑 스파게티.”

“아빠랑 나갈까? 아빠가 업어줄게.”

초여름 무더운 뙤약볕 아래, 올해 여덟 살 업기엔 무거운 아이를 짊어지고서 남편은 길을 나섰다. 어린이날이나 크리스마스 때나 갈 법한 멋진 이탈리안 식당에서 부녀의 데이트가 이어졌다. 아빠를 독차지해 신난 아이는 풍기 샐러드, 닭 안심 스테이크를 곁들인 뽀모도로 스파게티와 포르마지 피자를 주문했다. 좋아하는 음식을 배부르게 먹은 수린이는 마치 시금치 한 통을 다 먹은 뽀빠이처럼 알통을 내보였다.

“집에 갈 땐 내가 아빠를 업어줄 거야.”

저기서 비틀대는 남편을 작은아이가 부축해서 걸어오고 있다. 그때 아이는 이렇게 속삭였단다.

“아빠, 아까 점심 먹을 때 보니까 표정이 안 좋던데 회사에서 무슨 일 있었어요? 언니랑 엄마한텐 얘기 안 할게요. 저한테 살짝 털어놔보세요.”

주말 오후, 졸음 가득한 눈을 비비며 남편이 말했다.

“글쎄, 수린이가 편지 한 장 써주면 아빠가 힘이 날 것 같은데?”

수린이가 아빠에게

♥수린이가 아빠에게 쓴 카드

엄마가 보내는 편지

수린아, 기억나니? 수린이는 스스로 준비가 다 됐다고 판단했을 때, 자신의 능력을 한껏 발휘했던 것 말이야. 기저귀를 뗄 때도 그랬고, 처음 말을 할 때, 마침내 글을 읽을 때도 그랬단다.

30개월이 넘어도 '쉬'를 못 가리던 네가 33개월이 되자, 차고 있던 기저귀를 빼서 휙 던져버리고는 바로 변기에 앉아 볼일을 보더라. 그날 이후로 단 한 번의 실수도 없었지. 그때 엄마가 얼마나 놀랐는지 아니?

다섯 살이 되도록 '응', '아니', '엄마', '아빠', '언니' 외에 다른 말을 못했던 네가, 어느 날 갑자기 말문이 터지더니 완성된 문장으로 엄마에게 말을 걸어왔어. 그러고는 그동안 어떻게 참았을까 싶을 정도로 수다쟁이가 되었지. 늘 엄마에게 책을 읽어달라고 했던 네가 처음으로 소리 내어 책을 읽었던 날을 엄마는 기억하고 있어. '기역', '니은', '디귿'을 한번 물어본 적 없는 네가 어느 날 아침 그림책을 보면서 줄줄 글을 읽어냈지.

사람마다 배우는 방식과 재능이 발현되는 시기가 달라. 사람마다 배우고 익히는 속도가 다른데, 누군가 미리 정해놓은 속도와 때에 맞춰 한글을 척척 잘 받아써야 한다니 이것 참 억울하지? 수린이는 아무도 모르는 사이 스스로 배우고, 잠자코 있다가 한꺼번에 배운 것이 터져나오는 아이란 걸 엄만 잘 알고 있어. 누가 뭐래도 엄마는 수린이의 방식을 인정해주고 싶다.

받아쓰기처럼 들은 것을 써야 하는 시험은 잠깐만 딴생각을 해도 문제를 놓치지. 첫 문제를 놓치고 나니 당황해서 두 번째 문제부터는 아예 무슨 소리인지 귀에 들어오지 않았지? 평소엔 잘 알고 있던 것도 시험지를 받으면 아무 생각이 안 나기도 해. 긴장해서 그럴 수도 있고 잘하고 싶은 마음이 앞서서 오히려 평소보다 못하기도 한단다.

시험지 앞에서 두려움이 밀려올 땐, 먼저 크게 숨을 들이쉬었다가 내쉬어 봐. 너를 믿고 '난 할 수 있어!'라고 주문을 걸어봐. 불끈 자신감이 생길 거야. 일단 한번 도전해보는 거야. 자신을 긍정하는 마음이 수린이를 도와줄 거야. 언젠가 이렇게 말할지도 모르겠구나. "엄마, 받아쓰기 너무 쉽잖아? 이제 어떻게 하는지 알겠어!"라고 말이야.

자음과 모음의 조화를 찬찬히 음미해보면 충분히 재미있

게 한글을 익힐 수도 있을 텐데, 받아쓰기라는 시험 앞에서는 그저 외워야 할 단어들에 불과하지. 그래도 받아쓰기 시험 때문에 한글을 알게 되는 기쁨을 놓치지 않았으면 좋겠다. 한글을 배우며 글을 읽고 쓰는 재미에 흠뻑 빠져봐. 지금처럼 엄마와 글을 주고받는 것도 꽤 신나지? 수린이가 좋아하는 친구와 편지를 주고받으면 훨씬 재미있을 거야. 그까짓 시험지 한 장 때문에 너를 낮추어 보지 마. 그게 수린이를 평가하진 못할 테니까!

다시 쓰는 일기

십여 년 전이 떠오른다. 만삭의 나는 출산휴가계 대신 사직서를 써야 했다. 남자들이 득실대는 전산실에 존재하는 단 한 명의 아줌마 사원은 아이를 가졌다는 사실을 알리는 것조차 조심스러웠고, 만삭이 되도록 출산휴가를 쓰겠다는 말을 입 밖에 내지 못했다.

임신 열 달째, 사직서를 내고 무거운 배를 안고 고향으로 향했다. '나는 왜 당당하게 출산휴가를 요구하지 못했을까?', '내가 일을 더 잘했더라면 회사가 나를 붙잡지 않았을까?', '아이를 낳은 후에 재입사를 해야 할까?', '아이 엄마가 되어서도 일을 잘할 수 있을까?'를 고민하며.

예정일이 넘어도 아이는 엄마 배 속을 나올 기미가 없었다. 하루하루 초조한 기다림 속에서 시시때때로 아이 소식을 묻는 전화를 받으며 난 점점 더 작아져 갔다. '난 왜 이리 제대로 하는 일이 없을까?' 출산휴가를 요구하지 못하고 지레 사직서를 쓴 것부터 예정일이 넘어도 산기가 없는 것까지 전부 내 탓 같았다.

식구가 늘어 일을 더 해도 모자랄 판에, 아이를 낳기 위해 내 손으로 사직서를 써야 했던 나는 그 모순적인 상황이 무척 우울했다.

지금 내가 작은아이 얼굴만 봐도 받아쓰기 점수를 알아맞힐 수 있듯, 친정아버지께선 내 마음을 꿰뚫어 보신 걸까? 아버지께선 만삭의 딸을 극진히 보살펴주셨다. 마치 세상이 나 하나만을 위해 존재한다는 착각이 들 정도로.

친정에서 아이를 기다리는 동안 아버지께선 매일 이른 아침에 손수 새 밥을 짓고, 딸이 좋아하는 생선을 구워 아침상을 차리셨다. 늦잠 자고 일어난 딸이 바로 먹을 수 있도록 준비해놓고 일하러 나가신 거다. 무더운 8월, 바깥일을 하시니 점심 한 끼는 간편하게 외식을 하실 만도 하건만, 아버지께선 굳이 딸이 좋아하는 냉면이나 밀면, 콩국수를 사 오셔서 점심도 차려주셨다. 일과가 끝나는 저녁엔 온종일 흘린 땀을 보충하기 위해서라도 시원한 약주 한잔이 간절하셨을 텐데, 만삭의 딸이 혹시 산기를 보이면 어떡하나 하시며 술은 일절 입에 대지도 않으신 채 시원한 수박 한 통 사 들고 부랴부랴 오시곤 했다.

저녁 시간 텔레비전을 볼 때는 또 어땠고. 아버지 눈치 보느라 딸내미 보고 싶은 것 못 보지 않을까 은근슬쩍 리모컨을 내 손에 쥐여주는 센스를 발휘하셨다. 한밤에 무거운 배 때문에 힘들어 슬쩍 뒤척이기라도 하면, 아버지께선 벌떡 일어나 내 종아리를 주물러주셨다. 무거운 배를 지탱하는 딸 다리에 쥐라도 나면 어쩌나 싶어 그러셨던 거다. 아버지께선 그렇게 만삭의 딸을 최선을 다해 돌봐주셨다.

막달에 친정집에서 아버지의 정성 가득한 보살핌을 받으면서, 그동안 남초 직장을 다니면서 결혼하고 아이를 갖고 만삭이 될 때까지, 인정받지 못하고 공감받지 못해서 목까지 차올랐던 설움을 한 방에 날려버릴 수 있었다.

지금도 그때를 떠올리면 마음이 따뜻하고 콧등이 시큰해진다. 생의 고비를 지나는 딸에게 아버지의 존재는 남다르다. 지친 딸에게 든든한 어깨를 내어주는 아버지가 있다는 건 커다란 행운이다. 생의 낭떠러지에 선 딸은 아빠의 어깨에 기대어 다시 일어날 양분을 얻는다. 그리하여 또 한번 세상에 한 발짝 내디딜 용기를 내보는 것이다.

Day 2

공부는
너무
어려워

어려워, 어려워!

책상에 앉아 칠판을 보며 수업을 듣는 것보다 무엇이든 자기 손으로 뚝딱뚝딱 만들어내는 걸 좋아하는 큰아이. 이 아이가 원하는 배움의 방식이 학교 수업에서는 통용되지 않았다. 만들고 부수고, 또 만들고 부수어 무언가를 만들어내는 이 아이 고유의 학습 욕구를 어떻게 하면 채울 수 있을까? 나는 여러 가지 프로그램을 찾아봤지만, 대학에서 운영하는 영재 교육원에서 배우는 것 외엔 별다른 방법이 없었다.

초등학교 5학년이 된 큰아이는 학교에서 운영하는 영재반 수업을 듣게 되었다. 수학 두 시간, 과학 두 시간, 일주일에 네 시간 동안 방과 후 수업을 더 듣는 프로그램이었다. 원래는 수학 시험을 쳐서 성적이 좋은 아이들만 선발되었는데, 이제 선발 기준이 담임교사의 관찰 추천제로 바뀌었단다. 그리하여 수학 선행 학습이 전혀 되어 있지 않은 큰아이도 선생님 추천으로 영재반에 들어가게 된 것이다.

잘 적응할 거라는 선생님의 기대와는 달리 영재반 수학 수업이 있는 화요일만 되면 아이의 안색이 좋지 않았다. 하굣길에서 눈물을 한 바가지쯤 쏟았는지 퉁퉁 부은 눈을 하고 집에 오곤 했다. 그러던 어느 날, 아이는 고백하듯 말했다.

"엄마, 아무래도 선생님이 사람 잘못 보신 것 같아. 공부가 너무 어려워. 도저히 못 따라가겠어."

아이 입에서 그 말이 나오기까지 고민이 많았으리라. 그동안 얼마나 힘들었을까. 나도 모르게 이렇게 말해버렸다.

"그래, 수민아. 영재반 그만두자. 너를 힘들게 하는 거라면 당장 그만두자."

나는 늘 생각보다 행동이 먼저인 사람이다. 그렇게 말해놓고선 엄마로서 제대로 된 조언을 한 건지 고민하기 시작했다. 곧 심사숙고하지 않은 걸 후회했다.

"아니야, 엄마. 수학은 어렵지만 과학 실험은 재미있으니까 조금 더 고민해볼게."

공부보다 중요한 것

"그 어렵다는 수학 문제, 엄마 좀 보여줄래?"

호랑이를 잡으려면 호랑이 굴에 들어가야 하는 법. 수학이 어렵긴 나도 마찬가지지만 큰아이에게 작은 도움이라도 될까 싶어 물었더니 영재반 수학 문제는 반출 금지란다. 아이는 이때다 싶었는지 영재반 수학 문제가 얼마나 풀기 어려운지 눈물을 내보이며 설명하기 시작했다. 영재반 수학 수업이 있는 날이면 아침부터 배가 살살 아프고, 수업 시간에 머리는 안 돌아가고 옆자리 친구들 눈치만 보게 된다는 것. 대개 두 시간 동안 수학 문제 네다섯 개를 푸는데, 다른 친구들은 그 문제를 거의 다 푸는 반면, 자기는 한 문제 풀기도 어렵다는 거였다.

이야기를 듣고 보니 이미 선행 학습이 되어 있는 아이들과 학원 문턱에도 가보지 않은 큰아이가 함께 수업을 듣는 것이 과연 가능한 일일까 걱정이었다. 아무리 영재반 과학 실험이 재미있다고 한들, 수학 시간마다 옆 친구와 자신을 비교하며 아이가 자신감을 점점 잃어간다면 그게 무슨 소용인가 싶었다. 나는 선생님을 찾아 아이와 나의 고민을 말씀드리고 조언을 구했다.

"어머니, 영재반 수학 과목은 우리 아이들 인생에 단 한 번 마주칠 일이 없는, 해도 그만 안 해도 그만인 과목입니다. 그것 때문에 아이의 자존감이 낮아져서는 안 된다고 생각해요. 아이의 성향에 맞추어 결정하세요. 영재반을 계속해도 좋고 그만둬도 좋습니다. 가장 중요한 건 수민이니까요."

고난 앞에서 인간은 성장한다. 힘든 문제 앞에서 한번 도전해보겠다는 각오로 버틴다면 아이는 그만큼 성장할 것이다. 하지만 주위에 잘하는 아이들과 자신을 비교하면서 끊임없이 자신을 작게만 느낀다면 그것이 무엇이든 간에 그만두는 게 아이를 구하는 길일 것이다. 선생님 말씀을 듣고 나는 영재반 수업이 아이의 자존감에 어떤 영향을 미칠 것인가에만 초점을 맞추기로 했다. 고민의 일주일이 지나고 큰아이는 편안한 표정이 되어 말했다.

"엄마, 나 결정했어. 영재반 수업 계속 듣기로. 그렇게 재미있는 과학 실험은 어디에서도 해볼 수 없으니까. 장자께서도 "한 번에 다 알 수는 없다. 앎 없는 앎이 중요하다"라고 하셨잖아. 수학 문제도 계속 풀다 보면 잘 풀게 될 날이 오지 않을까? 난 어려운 수학 문제 푸는 게 이번이 처음이니까 단번에 다 잘 풀 수는 없겠지?"

엄마가 보내는 편지

수민이, 수린이가 "꼭 공부를 해야 할까?"라고 묻는다면 엄마 대답은 "그럼, 당연하지!", 하지만 "꼭 공부를 잘해야 할까?"라고 묻는다면 엄마는 "아니"라고 대답할 거야. 공부는 인생에서 반드시 해야 할 평생 과업이지만, 나와 남을 비교해 누군 잘하고 누군 못하고를 구분하는 상대적인 개념은 아니거든.

세상에는 공부하고 싶지만 공부할 기회를 얻지 못하는 사람들이 많아. 오늘은 외할머니 이야기를 들려줄게. 외할머니는 한국전쟁이 일어나기 직전에 태어나 전쟁 때문에 고통과 설움을 겪으셨어. 딸, 딸, 아들, 아들, 아들, 딸의 여섯 남매 중에 둘째 딸로 태어나 아래로 줄줄이 있는 세 남동생의 뒷바라지를 해야 했대. 아들만 공부할 수 있었던 시대에 외할머니의 언니는 장녀라서 예외였고 여동생은 막내라서 예외였기에, 대가족 모든 구성원을 위해 자신을 희생하라고 강요받았던 존재가 외할머니였지.

공부해야 할 시기에 공부하지 못했던 외할머니는 늘 공부하고 싶으셨대. 그래서 사람은 공부해야 할 때 반드시 공부해야 한다고 늘 말씀하셨어. 공부할 시기를 놓치면 나중에 후회하게 된다고 말이야. 외할머니의 삶 속 가장 한이 되었던 점을 들어 이모와 엄마, 당신의 두 딸에겐 그런 일이 없기를 바라는 마음이 가득하셨던 거야.

외할머니는 늘 책을 읽고 글을 쓰는 분이셨어. 특히 이모와 엄마에게 자주 손편지를 써주셨단다. 어려운 살림살이 때문에 평생 일을 놓지 못하셨지만 손에서 책을 놓지 않았고, 또 밤늦게 들어와서도 짬을 내어 일기를 쓰셨어.

하루는 외할머니의 옛 사진첩을 뒤적이다가 여고생 때로 보이는 외할머니와 외할머니 친구들의 사진을 한 장 보았어. 활짝 핀 한 송이 꽃처럼 환하게 웃고 있는 소녀 시절 외할머니 모습을 만났지. 그런데 그 사진에서 이상한 점을 발견했어. 사진 속 외할머니 친구들은 모두 교복을 입고 있었는데, 외할머니만 사복을 입고 있는 거야. 사연을 알 리 없는 엄마가 말했지.

"우와! 우리 엄마 옛날부터 멋쟁이였네. 이 사진 좀 봐. 다른 친구들은 다 교복 입고 있는데, 엄마만 사복을 차려입고 있잖아?"

그때 외할머니 눈에 눈물이 핑 도는 걸 봤다. 외할머니의 친구들은 모두 다 학생이었는데, 외할머니만 학교에 다니지 않고 일을 하셨던 거야. 교복이 없었던 외할머니는 친구들과 어울릴 땐 사복이라도 깔끔하게 차려입었던 거지. 여고생 무리 속에 일하는 소녀 한 명. 감수성이 예민한 그때 그 소녀는 어떤 심정이었을까?

그렇다면 엄마는 어땠을까? 세상에는 자신이 원하는 공부 말고 다른 사람이 원하는 공부를 하는 사람도 있는데, 이번엔 엄마 이야기야. 공부에 한이 맺힌 외할머니를 둔 덕에 엄마는 외할머니의 전폭적인 지지를 받으면서 공부할 수 있었어. 외할머니는 엄마가 공부하는 모습을 보는 걸 좋아하셨지. 엄마에겐 공부가 일종의 '효도'였어. 엄마는 외할머니를 위해 외할머니가 못다 한 공부를 대신 해드리고 싶었어. 엄마도 이모도 그랬어.

수민이, 수린이는 어떻게 생각하니? 공부하고 싶은데 가족을 위해 공부하지 못한 외할머니는 너무나 안타깝지만, 외할머니를 위해 외할머니가 원하는 공부를 한 엄마의 경우도 그리 좋아 보이진 않지. 마흔이 넘은 엄마와 내일모레 일흔인 외할머니가 만나면 꼭 하는 이야기가 있다. 가족을 위해 자신을 희생하지 말 것! 아무리 사랑하는 사람이라도 남이 원하는 삶을 대신 살지 말 것! 그러고 보니 엄마와 외할머니,

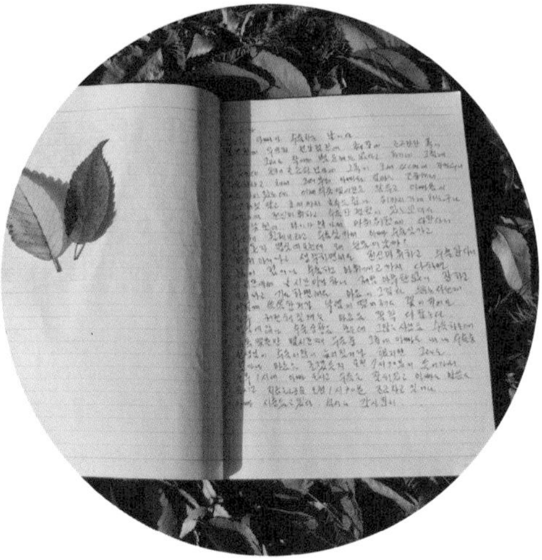

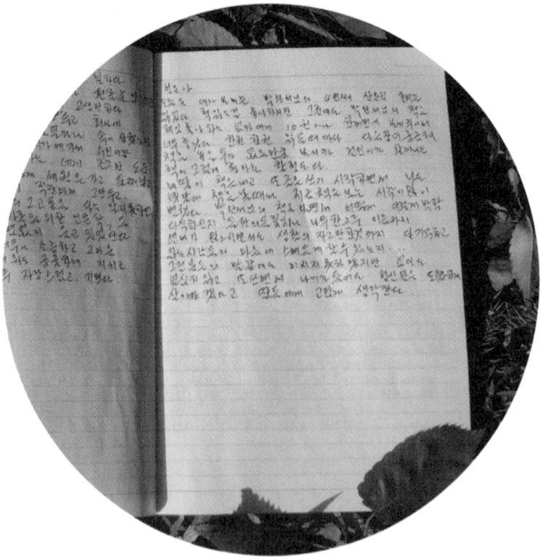

"엄마는 할머니에게 손편지를 받으면
마음이 따뜻해지고 콧날이 시큰해지고 사랑받는 기분이 들었어.
너희에게도 이런 엄마의 마음을 전해주고 싶구나."

서로 참 많이 닮았구나.

요즘 공부가 꽤 어려워져서 힘들어하는 수민이와 초등학교에 적응하느라 무척 애를 쓰는 수린이에게 손편지를 쓰다가, 엄만 문득 외할머니의 손편지가 그리워졌다. 삶의 지혜가 알알이 차 있었던 그 편지들을 다 모아두었으면 얼마나 좋았을까. 오늘의 결론! 자신이 원하는 공부를 할 것. 공부하며 남과 비교하지 말 것. 공부할 수 있음에 감사할 것. 끝!

눈부신 봄날, 벚꽃 비를 맞으며 엄마는 엄마의 인생을 사랑하기로 다시 한번 다짐한다. 지금이라도 엄마가 하고 싶은 공부를 할 수 있고, 책을 읽고 글을 쓸 수 있음에 감사하며. 그리고 외할머니께 전화할 거야. 외할머니께서 삶을 통해 보여주셨던 늘 공부하는 삶, 책을 읽고 글을 쓰는 삶이 그 자체로 아름다웠다고 말씀드리고 싶어.

다시 쓰는 일기

영희, 영희가 누구지? 아, 작가를 꿈꾸던 친구가 있었지. 그 친구가 영희였지.

그래, 《달과 6펜스》의 주인공 같았던 영희. 고향 집에서 어릴 때 썼던 내 책상을 물끄러미 바라보다 발견한 서머셋 모음의 《달과 6펜스》, 내 친구 영희가 고등학교 졸업식 날 내게 준 선물이다. 영희와 난 고등학교 1학년과 3학년, 2년 동안 같은 반이었는데 1학년 때는 꽤 친했지만 3학년 때는 사이가 서먹해졌다. 기억은 고등학교 1학년과 3학년을 왔다 갔다 하며 영희를 더듬는다.

지금은 없어진 서면 태화쇼핑 옆 동보서적은 부산에서는 서울의 광화문 교보문고쯤 되는 곳이었다. 검은 뿔테 안경에 교복을 입은 두 소녀는 책을 사러 그곳에 가곤 했다. 고등학교 1학년 중간고사를 치고 학교에서 일찍 마친 어느 날, 우린 지하철을 타고 동래에서 서면으로 가고 있었다. 한 소녀의 손에는 《달과 6펜스》가 다른 소녀의 손에는 장정일의 시집 《길안에서의 택시잡기》가 있었다. 한 소녀가 말했다.

“나, 대학 안 갈 거야. 대학 가는 거랑 작가가 되는 거랑은 아무 상관없는 일 같아. 난 그냥 책만 읽다가 졸업하면 서점에서 일하면서 글 쓰고 싶어.”

영희 말에 공감했다. 그 아이 말에 내 말을 얹는 대신, 나는 시 한 편을 내밀었다. 《길안에서의 택시잡기》에 맨 처음 나오는 시 〈삼중당 문고〉다.

열다섯 살,
하면 금세 떠오르는 삼중당 문고
150원 했던 삼중당 문고
수업시간에 선생님 몰래, 두터운 교과서 사이에 끼워 읽었던 삼중당 문고
특히 수학시간마다 꺼내 읽은 아슬한 삼중당 문고
위장병에 걸려 1년간 휴학할 때 암포젤 엠을 먹으며 읽은 삼중당 문고
개미가 사과껍질에 들러붙듯 천천히 핥아먹은 삼중당 문고
간행목록표에 붉은 연필로 읽은 것과 읽지 않은 것을 표시했던 삼중당 문고
경제개발 몇 개년 식으로 읽어간 삼중당 문고
급우들이 신기해하는 것을 으쓱거리며 읽었던 삼중당 문고

표지에 현대미술 작품을 많이 사용한 삼중당 문고

깨알같이 작은 활자의 삼중당 문고

검은 중학교 교복 호주머니에 꼭 들어맞던 삼중당 문고

쉬는 시간 10분마다 속독으로 읽어내려간 삼중당 문고

방학 중에 쌓아 놓고 읽었던 삼중당 문고

일주일에 세 번 여호와의 증인 집회에 다니며 읽은 삼중당 문고

국기에 대한 경례를 하지 않는다고 교장실에 불리어가, 퇴학시

키겠다던 엄포를 듣고 와서 펼친 삼중당 문고

교련 문제로 고등학교 진학을 포기했을 때 곁에 있던 삼중당 문고

건달이 되어 밤늦게 술에 취해 들어와 쓰다듬던 삼중당 문고

용돈을 가지고 대구에 갈 때마다 무더기로 사 온 삼중당 문고

책장에 빼곡히 꽂힌 삼중당 문고

싸움질을 하고 피에 묻은 칼을 씻고 나서 뛰는 가슴으로 읽은

삼중당 문고

처음 파출소에 갔다 왔을 때, 모두 불태우겠다고 어머니가 마당

에 팽개친 삼중당 문고

흙 묻은 채로 등산배낭에 처넣어 친구 집에 숨겨둔 삼중당 문고

소년원에 수감되어 다 읽지 못한 채 두고 온 때문에 안타까웠던

삼중당 문고

어머니께 차입해 달래서 읽은 삼중당 문고

고참들의 눈치 보며 읽은 삼중당 문고

빳다 맞은 엉덩이를 어루만지며 읽은 삼중당 문고

소년원 문을 나서며 옆구리에 수북히 끼고 나온 삼중당 문고

머리칼이 길어질 때까지 골방에 틀어박혀 읽은 삼중당 문고

삼성전자에 일하며 읽은 삼중당 문고

문홍서림에 일하며 읽은 삼중당 문고

레코드점 차려놓고 사장이 되어 읽은 삼중당 문고

고등학교 검정고시 학원에 다니며 읽은 삼중당 문고

고시공부 때려치우고 읽은 삼중당 문고

시공부를 하면서 읽은 삼중당 문고

데뷔하고 읽은 삼중당 문고

시영물물교환센터에 일하며 읽은 삼중당 문고

박기영 형과 2인 시집을 내고 읽은 삼중당 문고

계대 불문과 용숙이와 연애하며 잊지 않은 삼중당 문고

쫄랑쫄랑 그녀의 강의실로 쫓아다니며 읽은 삼중당 문고

여관 가서 읽은 삼중당 문고

아침에 여관에서 나와 짜장면집 식탁 위에 올라앉던 삼중당 문고

앞산 공원 무궁화 휴게실에 일하며 읽은 삼중당 문고

파란만장한 삼중당 문고

너무 오래되어 곰팡내를 풍기는 삼중당 문고

어느덧 이 작은 책은 이스트를 넣은 빵같이 커다랗게 부풀어 알 수 없는 것이 되었네

집채만해진 삼중당 문고

공룡같이 기괴한 삼중당 문고

우주같이 신비로운 삼중당 문고

그러나 나 죽으면

시커먼 뱃대기 속에 든 바람 모두 빠져나가고

졸아드는 풍선같이 작아져

삼중당 문고만한 관 속에 들어가

붉은 흙 뒤집어쓰고 평안한 무덤이 되겠지

– 장정일, 〈삼중당 문고〉

고등학생이었던 영희와 나, 그리고 장정일 시인의 공통점은 '중졸'이라는 점이었다. 그는 파란만장한 삶 속에서도 '삼중당 문고'를 놓지 않았고 시인이 되었다. 나는 상상했다. 영희와 나도 지금 손에 들고 있는 이 책들을 놓지 않는다면 시인이 될 수 있을까? 작가가 될 수 있을까? 나도 영희도 대학에 가지 않고 글을 쓰게 되기를 진심으로 바랐다.

영희는《달과 6펜스》에 대해 침을 튀겨가며 열변을 토하기 시작했다.《달과 6펜스》는 프랑스 화가 폴 고갱의 이야기를 소설로 재

구성한 작품이다. 폴 고갱은《달과 6펜스》에서 소설 속 인물 '스트릭랜드'로 재탄생했다. 마흔일곱 살에 증권 중개인의 직업을 버리고 아내와 아이들을 떠나 예술가의 삶을 살기로 한 스트릭랜드는 악령에 사로잡힌 듯이 자신의 예술혼을 불태우며 그림을 그린다. 자신의 후원자이자 친구인 더크를 배신하기도 하고, 더크의 아내와 잠시 사랑에 빠지기도 한다. 더크의 아내는 스트릭랜드 때문에 자살하지만 그는 일말의 동요도 없다. 그는 오직 '그림'만을 사랑할 뿐이다. 자신만의 이데아 타히티섬에 정착해 나병에 걸려 죽기 전까지 수많은 그림을 남긴다.

영희는 말했다. 작가라면 스트릭랜드처럼 살아야 하지 않겠냐고. 그렇다면 애써 공부해서 대학을 졸업한 후 직업을 갖고, 가정을 꾸려 아이를 낳고 키우며 살다가 마흔이 넘은 나이에 모든 것을 버리고 새로 출발하는 것보다 처음부터 그렇게 사는 것이 나을 것 같다고. 영희는 자신의 말이 끝난 그 순간부터 스트릭랜드처럼 살 것이라 내 앞에서 선언했다.

영희의 선언에 난 그저 고개만 끄덕였다. 앞으로 그녀가 어떤 삶을 살든, 그녀가 살게 될 삶에 대한 일종의 인정과 존중의 표시였다. 하지만 영희는 내가 고개를 끄덕인 것을 오해했던 것 같다. 나도 그 순간부터 메피스토펠레스와의 계약을 불사하며 스트릭랜드처럼 살아갈 것이라 받아들였던 거다. 함께 갈 줄 알았던 그 길을 내가 함께하지 않을 거란 걸 영희가 알게 되면서 우리는 서먹해졌다.

그날부터 영희는 책만 읽었다. 영희만큼 용감하지 못했던 난 학생으로서 가장 안전한 길인 공부를 선택했고 학생의 본분에 충실했다. 직장을 구하기에 매우 안전하다는 경영학을 대학 전공으로 골랐다. 졸업하기 전에 나는 원했던 대학에 합격했고, 영희는 부산 보수동 책방 골목의 한 대형 서점에 취업했다. 《달과 6펜스》와 《길안에서의 택시잡기》를 주고받은 졸업식이 우리의 마지막 만남이었다.

대학생이 되고 나서도 가끔 영희를 생각했다. 1학년 때부터 취업 준비를 하고 그것을 당연하게 여기는 동기들과 경쟁하면서 영희가 그리웠다. 부러웠다. 마음에도 없는 일을 하는 건 고등학생 때나 대학생 때나 마찬가지였다. 시인을 꿈꾸었던 소녀는 온데간데없고, 연봉과 사원 복지를 따져 가며 기업들의 순위를 매기고 있는 내 모습만 남아있었다. 내 친구 영희는 이런 나를 알아볼까?

고향집에서 《달과 6펜스》를 들고 앉아 영희를 생각한다. 몸과 마음이 따로 움직이는 나란 사람의 삶의 행태는 그때나 지금이나 별반 차이가 없다. 시인 코스프레에서 모범생 코스프레로, 직장인 코스프레, 워킹맘 코스프레에서 환자 코스프레로…. 난 천성적으로도 재능으로도 내가 진심으로 원하는 것을 위해 나 자신을 오롯이 바칠 만한 사람이 못 되나 보다. 아니다, 스트릭랜드가 그랬듯 마흔이 넘은 지금, 시작하겠다. 코스프레는 개나 줘버리고 책을 읽고 글을 쓰겠다!

《달과 6펜스》 속에서 영희가 튀어나와 내게 묻는다.

"그래. 그래서 잘 살고 있니?"

"응. 이제 그럴 거야."

고등학생, 아니 마흔이 넘은 나는 비로소 고개를 끄덕인다.

"마흔이 넘어 비로소
영희와의 약속을 지키며
살고 있다."

Day 3

학교 가기 싫어!

학교 안 갈래

이제 막 초등학생이 된 작은아이가 나를 불렀다.

"엄마, 양치하고 싶은데…."

"응, 그런데?"

"팔을 들 수가 없어서 양치질을 못 하겠어."

잠자리에 들기 전, 이를 닦으려다가 도저히 혼자 할 수가 없어 아이는 나를 불렀던 거다.

"왜 팔을 들 수 없어? 무슨 일 있었어?"

깜짝 놀란 나는 아이 팔을 들었다 놨다 했다. 다친 것 같진 않았다. 이건 순전히 팔 근육이 뭉쳐서 생긴 증상처럼 보였다.

"어쩌다가 팔이 이렇게 됐어?"

아이는 원인을 제대로 말하지 못했고, 나는 아이가 잠들 때까지 가느다란 팔을 주물러주었다. 아이는 마사지를 받으며 중얼중얼 혼잣말을 했다.

"엄마, 학교 가기 싫어. 선생님이 너무 무서워. 나 유치원으로 돌아갈래."

초등학교에 입학한 지 이제 겨우 2주밖에 안됐는데, 등교 거부라니 나는 머릿속이 복잡해졌다. 다음 날, 아이는 일어날 기미가 보이지 않았다. "학교 가기 싫어"라면서 이불을 푹 뒤집어썼고 나는 아이를 깨우기 위해 안간힘을 써야 했다.

"수린아, 오늘 한 번만 더 가보자. 오늘 가보고 힘들면 내일은 학교 가지 말자."

그제야 아이는 일어나 학교 갈 준비를 했다. 어깨에 무거운 짐이라도 짊어진 사람처럼 아이는 힘겹게 발걸음을 뗐고 덩달아 내 마음도 천근만근 무거웠다.

공개수업 하는 날

작은아이가 초등학생이 된 지 한 달쯤 지나자, 학교에서는 공개수업을 한다고 했다. 수린이의 학교생활은 어떤지, 선생님은 또 얼마나 무서운 분인지 내 눈으로 직접 확인할 수 있는 날이 온 거다. 나는 마치 사건 사고 현장을 수사하는 검사의 자세로 교실 문을 열었다.

국어 시간, 선생님은 아이들이 한글의 자음과 모음을 익힐 수 있도록 게임을 준비해놓으셨다. 네다섯 명 아이들이 한 팀을 이루어

여섯 팀이 순서대로 돌아가며 한 번씩 하는 게임으로, 자음과 모음을 익히면서 게임의 규칙을 배우고 팀워크도 경험할 수 있는 매우 훌륭한 수업이었다. 하지만 이제 막 초등학생이 된 아이들은 엄마의 관심을 끌려는 행동을 서슴없이 했고 교실은 이내 아수라장이 되고 말았다. 아이들은 게임의 규칙을 지키는 것을 버거워했고, 담임선생님께서는 땀을 뻘뻘 흘리며 수업을 끌고 가셨다.

보는 내내 내가 선생님이라면 어땠을까 하는 생각이 들었다. 학부모들 모시고 공개수업을 하는 자리, 수업 준비는 많이 해놓았지만 이제 막 초등학생이 된 아이들은 천방지축 교실의 무법자들이었다. 큰소리가 한번 나올 법도 한데 선생님은 끝까지 같은 말씀을 반복하면서 아이들을 구슬렸고, 끝까지 유머를 잃지 않았다. 공개수업을 마치고 집으로 돌아와 작은아이와 나는 선생님에 대해 이야기를 나누었다.

"수린아, 오늘 수업 어땠어?"

"엄마가 와서 좋았어."

"수업이 힘들진 않았어?"

"너무 힘들었어."

"평소에 선생님이 무섭게 하시는 건, 선생님 잘못만은 아닌 것 같던데?"

"으응, 맞아."

아이 말만 듣고 잠시 선생님이 머리에 뿔 달린 무서운 분이라고 생각했다. 하지만 낮의 광경을 다시 떠올리니 아직 자기중심적이고 자신의 욕구에만 충실한 어린아이 서른 명을 좁은 공간에서 한꺼번에 지도한다는 것이 여간 힘든 일이 아닐 거란 생각이 들었다. 직접 수업을 보고 나니 선생님을 좀 더 이해할 수 있었다.

엄마, 선생님이 좋아졌어

작은아이가 뜻밖의 이야기를 했다. 무시무시했던 선생님이 좋아졌다는 거다.

"수린아, 어떻게 그렇게 바뀌었어?"

"내가 선생님 도와드렸거든."

"어떻게?"

"친구들이 물건 쓰고 제자리에 갖다 놓지 않는데, 선생님이 매일 그거 정리하느라 힘드신 것 같아서 내가 도와드렸어."

"그래서 선생님이 좋아하셨어?"

"응, 좋으시대."

"우와, 우리 수린이 멋지다! 어떻게 그런 생각을 했어?"

"선생님이 너무 힘들어 보여서 도와드렸지."

"이야, 우리 수린이 다 컸네! 이제 선생님 안 무서워?"

"응, 아직 남자 친구들에게는 좀 무서우셔. 하지만 이젠 그 이유를 알 것 같아."

보름 전만 해도 선생님이 무서워서 학교 가기 싫다고 했던 작은아이가 확 달라졌다. 자신이 선생님 처지에서 생각해봤더니 선생님을 이해하게 된 거란다.

"수린아, 엄마도 힘든데 엄마도 좀 도와줘."

"엄마는 아이가 둘 뿐이지만 선생님은 아이가 서른 명이잖아. 난 그냥 선생님 도와드릴래."

엄마가 보내는 편지

오늘 엄마는 수린이 담임 선생님을 뵙고 왔어. 학교 상담 주간에 엄마에게 허락된 시간은 단 20분, 선생님과 수린이에 대해 이야기를 나눌 수 있는 소중한 시간이었어. 선생님을 만나기 전, 수린이 말대로 무시무시한 선생님을 뵐 생각을 하니 엄마도 무척 떨리고 긴장이 되더라. 아이를 맡기는 엄마의 입장은 그렇거든. 한결같은 마음으로 학생을 가르치고 돌본다는 것이 얼마나 어려운 일인지 알기에 고마우면서도 우리 아이가 어떨까, 말썽을 부리지는 않을까 두근두근하단다.

20분이 훌쩍 지나갈 정도로 선생님께선 수린이 칭찬을 많이 하셨어. 학교에서 수린이는 친구들 마음도 선생님 마음도 잘 살필 줄 아는 좋은 아이라고. 바쁜 선생님을 대신해 선생님 일을 도와드리기도 하고, 친구들 이야기를 잘 들어주고 양보도 잘한다고 말이야. 그래서 반 친구들 사이에서 수린이가 인기 짱이라고 하시더라.

언니가 일곱 살 수린이가 세 살, 떨어져 지냈던 우리 가족이 함께 살게 된 그때를 기억하니? 엄마라 하기에 너무 부족한 점이 많았던 초보 엄마에게 언니는 불만을 토로했고, 미숙했던 엄마는 언니 마음을 몰라주고 오히려 언니를 마구 혼냈던 그날을 말이야. 언니와 엄마 사이에 살벌한 전쟁의 기류가 흘렀던 그 순간, 어쩔 줄 몰라 멍하니 앉아만 있던 언니를 수린이가 꼭 껴안아줬잖아. 그리고 언니와 함께 눈물을 펑펑 흘렸지. 그때 엄마는 깨달았다. 누군가 힘들어할 땐 그저 다가가 안아주고 함께 눈물을 흘리는 것이 최선임을. 엄마는 너에게 배웠어. 세 살 수린이가 일곱 살 언니를 다독이는 모습이 아직도 눈앞에 선해. 엄마는 지금도 욱하는 마음이 들 땐 그날을 떠올리며 나를 돌아본단다.

다리 수술하신 외할머니 병문안을 갔을 때, 수린이가 할머니 아픈 다리를 한 시간이고 두 시간이고 힘든 내색 한번 하지 않고 주물러 드렸잖아. 태권도장 관장님이 부상을 입었을 때, 수린이가 그 상처에 대고 '호' 하면서 "얼른 나으세요" 했던 거 엄마는 다 기억하고 있어.

늘 주변에 관심을 기울이며 어디 도움이 필요한 사람 없나? 다친 사람은 없나? 살피는 수린이. 아픈 사람과 함께 아파하고 우는 사람과 함께 우는 수린이가 엄마는 참 좋다! 그렇지만 수린아, 수린이라는 '방' 안에 '수린이'는 없고, 다른 사람들만 가득한 것 아닌지 엄만 조금 걱정돼. 다른 사람들을 보살피느라 정작 자신을 돌보는 데는 소홀하지 않은지.

한 가지 약속하자. 주변 사람들에게 관심을 기울이는 만큼 너에게도 관심을 갖기로. 다른 사람을 향한 여유로운 시선 그대로 자신을 바라봐주기로! 수린이는 어떤 일에 긴장하고 신경 쓰면 근육이 먼저 반응을 보이잖아. 선생님 눈치를 보고 주위 친구들을 살피다, 양치질도 못할 만큼 팔이 아프도록 너를 방치하는 일이 없길 엄만 바라.

다시 쓰는 일기

이른 아침 창문을 열어 신선한 공기를 들이마신다. 눈부신 햇살은 어둠의 흔적이 남아있는 하늘을 깊숙이 파고들어 나를 비춘다. 여기에 맑은 물 한잔 원샷! 신선한 공기, 눈부신 햇살, 맑은 물 한잔으로 하루를 시작한다. 비가 오면 오는 대로 바람이 불면 부는 대로 날마다 아름다운 아침이다.

내 몸을 한결 신선하게 유지하기 위해 이렇게 아침을 맞이한 지 일 년쯤 되었다. 이 습관으로 매일 아침 어제보다 내가 신선해짐을 느끼고 있다. 자연은 공기와 햇살과 물로 나에게 말을 건다. 마치 내 몸속으로 들어와 '나는 너와 같은 존재야'라고 속삭이는 것 같다. 자연과 소통할 수 있어서 기쁘다.

소통이란 막힘이 없이 잘 통하는 상태를 말한다. 자연과 사람 사이뿐만 아니라 사람과 사람 사이에도 소통은 이루어져야 한다. 괴테는 《동화》에서 '금'보다 밝은 것은 '빛'이며 '빛'보다 신선한 것은 '대화'라고 했다. 괴테에게 '대화'는 무엇이었기에 '금'보다 밝고 '빛'보다 신선한 것이라 했을까? 맑은 공기를 들이마시고 시원한 물을 마셔 몸을 신선하게 하는 것처럼, 사람의 정신은 '대화'를 통해 신선해질 수 있음을 말하는 것 아닐까.

19년 전 사회 초년생 시절, 중국인 '홍'과 회사 기숙사에서 같이 지낼 때의 일이다. 나는 한글세대로 아는 한자가 거의 없을 뿐 아니라 중국어를 전혀 못했고, 그녀는 한국어를 못할 뿐 아니라 중국의 반미세대로 영어의 알파벳도 잘 몰랐다. 우리는 서로 보디랭귀지로 대화를 시도했지만 역부족이어서 결국 그림을 그려가며 대화를 이어갔다. 부엌을 같이 써야 했던 그녀와 나는, '밥'을 그려서 의견이 일치하면 밥을 해 먹고, '빵'을 그려서 의견이 일치한 날은 빵을 사 먹는 식으로 끼니를 해결했다. 그녀가 가끔 조약돌 같은 것을 그려 보여주면서 그게 먹고 싶다고 했지만, 나는 그게 뭔지 도무지 알 수 없어서 곧 잊어버렸다.

어느 날 홍의 어머니가 소포를 보내왔다. 홍이 활짝 웃으며 나에게 먹어보라고 무언가를 내밀었다. 그것은 조약돌만한 크기로 금박 포장지에 싸여 있었다. 나는 곧 그것이 '조약돌 그림'의 실체라는 걸 알아차렸다. 홍이 그토록 그리워했던 그 맛이 어떨지 너무나 기대되었다. 정성스레 포장된 금박지를 벗겨내고 입에 넣는 순간, 내 표정은 일그러지고 말았다. 곰삭은 김치보다 더 시큼하면서도 쓰고, 불쾌할 만큼 너무 달콤하고, 기분 나쁘게 불컹불컹하면서 끈적끈적한, 그것은 '말린 과일'이었다.

몇 년 후에 유학을 떠나 미국인 '크리스'와 함께 지내게 되었다.

우리는 서로 영어로 소통할 수 있었기 때문에 그림을 그려야 하는 번거로움은 없었다. 그녀는 미국 생활이 처음인 내가 잘 적응할 수 있도록 여러 가지로 도움을 주었다. 짐 정리가 다 되었을 무렵, 그녀는 정중히 부탁을 해왔다. 내 짐에서 이상한 냄새가 나고 있으니 그 냄새 나는 물건을 처리해 달라는 거였다. 짐들을 확인해봤지만 특별히 냄새 나는 물건은 보이지 않아 당황했는데, 마지막으로 방 한구석에 자리 잡은 옷 가방을 수색해보기로 했다. 냄새의 진원지는 옷 가방 속 '고추장', 바로 엄마가 싸준 고추장이었다. 개봉하지도 않은 고추장 병에서 그렇게 매캐한 냄새가 날지는, 또 그것이 누군가에게는 두통을 일으킬 만큼 역겨울 수 있는지 그때 처음 알았다. 느끼한 미국 음식을 먹고 난 뒤 속 달래라며 엄마가 싸 주신 고추장, 그걸 버릴 때 눈물이 핑 돌았다. 입맛에 맞지 않은 한국 음식을 먹으며, 말린 과일을 그리워했던 홍이 떠올랐다.

사람과 사람이 제대로 소통하기 위해서 꼭 언어만 필요한 건 아닌 것 같다. 홍의 '말린 과일'이 나에게 신선한 공기와 다름없고, 내 '고추장'이 크리스에게 맑은 물 같았다면, 우리는 막힘없이 더욱 잘 통했을 것이다.

몇 년 전 인도인과 프로젝트를 진행한 적이 있다. 외국인과 소통에서 몇 차례 시행착오가 있었던 나는 그들과는 진심으로 소통하고 싶었기에 인도 음식을 맛있게 먹을 마음의 준비를 했다. 꼭 그래서가 아니라 고추씨와 통후추를 갈아 넣고 토마토와 감자, 아보카도를 넣어 만든 인도 카레는 내 입맛에 딱 맞았다. 한국식 카레보다 훨씬 맛있었다. 나는 그들 대부분이 힌두교도일 것이라 예상해서 소고기는 일절 먹지 않았다. 소를 신성시하는 이들과 동고동락하면서 소고기를 먹을 수는 없는 일. 프로젝트는 성공했고 더불어 인도인 '룩미니'와 친구가 되었다. 룩미니는 힌두교나 카스트 제도 등 인도의 특색에 대해서도 상세히 알려주었다. 그녀와 나는 감히 비유하자면, 마치 괴테와 에커만처럼 서로의 정신을 열어 놓고 공감이 오가는 '신선한 대화'를 나눌 수 있었다.

한 남자가 사랑하는 여인의 집 문을 두드렸다.

여인이 안에서 물었다.

"누구요?"

그가 대답했다.

"나요."

안에서 음성이 들렸다.

"가보셔요. 둘이서 쓸 만한 방이 없어요."

가련한 남자는 몇 년 동안 이리저리 방랑하다가 다시 여인 집으로 돌아와 두근거리는 가슴으로 문을 두드렸다.

"누구요?"

"당신이오."

문이 열리고 사랑하는 여인이 그를 안으로 데리고 들어갔다.

-루미, 이현주 옮김, 《루미의 우화 모음집》 중에서

이슬람 신비주의 시인 루미의 우화 모음집에 나오는 이 이야기는 진정한 소통의 의미를 알려준다. 내가 오롯이 상대방이 되어보는 것에서 관계 맺음은 시작된다. 초등학교라는 새로운 환경에서 내가 선생님이 되어보고, 친구가 되어보는 상상은 꼭 필요하다. 관계 맺기가 이루어지고 나면 그다음은 좀 쉬워진다.

"제 마음속 깊숙이 계시는 분은 오직 선생님 한 분뿐이며, 어디에 있던 전 온전히 선생님의 것입니다." 《괴테와의 대화》의 저자 에커만이 괴테를 향한 자신의 마음을 표현한 문장이다. 에커만의 마음속에 괴테가 있었고 괴테의 마음속에 에커만이 있었기에 그들은 진정으로 소통할 수 있었다. 누군가와 진정으로 소통하기를 원한다면 숨을 들이쉬듯, 물을 들이켜듯 마음의 문을 열어 상대를 받아들여야 한다. 온 마음으로 상대를 품어야 한다. 소통이란 내가 곧 너이고, 네가 곧 나일 때 이루어지는 것이다. 그래야 '금'보다 밝고 '빛'보다 신선한 '대화'를 나눌 수 있으리라.

Day 4

과학 영재반
그만 할래

이카로스 이야기

"엄마, 이카로스 알아?"

"응, 알지."

그리스 신화 속 다이달로스의 아들 이카로스. 미로 동굴에 갇힌 이카로스는 깃털로 만든 날개를 밀랍으로 고정해 붙이고서 하늘로 날아 탈출을 시도했다. 미로 동굴을 빠져나오는 데는 성공했지만, 비행의 즐거움을 맛보고서 너무 높이 날아 태양 가까이 간 나머지 태양열에 밀랍이 녹는 바람에 날개가 떨어져 죽고 말았다.

"엄마가 이카로스라면 어떻게 할 거야?"

"글쎄."

짧은 순간 머리를 굴렸다. 내가 이카로스라면 미로 동굴을 빠져나온 것에 만족하고 거기서 멈출 수 있었을까? 빛나는 태양에 매료되어 날개가 타들어 가는 것도 모른 채 태양 가까이 날아가지 않았을까? 이카로스의 날개는 목숨을 걸고서라도 태양이라는 목표에 도달하려는 나의 동경을 대변하는 것 같다. 하지만 목표에 도달하기도 전에 내 목숨을 잃는다면 그게 무슨 소용인가? 나는 결국 대답하지 못했다.

"수민이가 이카로스라면 어떻게 할 거야?"

"난 멈췄을 거야."

"왜?"

"밀랍으로 붙인 날개는 약하잖아. 이카로스는 자신의 날개가 약하다는 사실을 스스로 파악해야 했고, 그 약한 날개로는 자신이 나는 데 한계가 있다는 걸 예상해야 했어. 높이 날아보겠다는 이카로스의 시도는 멋지지만 적절한 시기에 멈추고 자신을 돌아봤어야 했어. 난 그렇게 생각해."

이제 그만 할래

"이제 그만 할래."

큰아이가 말을 꺼냈다. 초등학교 5학년 1학기, 과학 영재반을 한 학기 해본 후 아이가 내린 결정이었다.

"후회하지 않겠니?"

아이가 말하는 영재반을 그만두어야 하는 이유는 이랬다. 첫째, 영재반 수학 시간에 책상 앞에 앉아 선생님이 내준 문제를 푸는 것에 너는 흥미를 느낄 수 없고, 둘째, 오랜 선행 학습으로 문제 풀이

실력을 갖춘 친구들과 경쟁한다는 건 의미가 없는 일이며, 셋째, 무엇보다 그 시간에 다른 걸 해보고 싶다는 생각이 들었다는 거다. 세 가지 이유를 들며 아이는 영재반을 그만두어도 후회하지 않을 거라 확신했다.

"엄마는 실망스럽지 않아?"

"수민이가 심사숙고해서 결정한 거라면 엄만 오케이!"

자신만만하게 대답했지만 과연? 난 표정 관리에 특별히 신경을 써야 했다. 여태껏 진지한 눈빛으로 조목조목 자신의 의사를 표현했던 아이 얼굴에 금세 천진한 어린아이의 미소가 서린다. 어쨌든 시원하게 맞장구치길 잘했다고 생각했다.

"휴~ 다행이다."

"그동안 엄마가 실망할까 봐 말 못했구나."

어릴 적 내가 그랬듯 아이는 내 눈치를 꽤 보았던 것 같다.

"아니야. 날 알아봐 주신 선생님께도 엄마 아빠께도 미안해서…. 중간에 그만두는 건 좋은 일은 아닌 것 같거든."

진지하고 신중한 큰아이 입에서 "그만 할래"가 나오기까지 수도 없이 고민에 고민을 거듭했으리라. 마음의 짐 때문에 잔뜩 뭉친 아이의 어깨를 주물러주면서 말했다. 선생님이나 엄마 아빠 의견 말고 수민이의 의지대로 결정한 건 참 잘한 일이라고. 엄마가 해줄 수 있는 건 오직 더 많은 선택지를 보여주는 것이며, 선택은 수민이 몫이라고 구구절절 이야기했다.

"오늘 솔직하게 이야기해줘서 고마워."

나의 감사 인사로 우리의 대화는 일단락되었고, 큰아이는 홀가분한 마음으로 자기 방으로 들어갔다. 하지만 난 거실에 홀로 남아 심란해졌다. 이카로스의 아버지 다이달로스는 어땠을까? 자신이 만들어준 약한 날개 때문에 아들을 잃은 아버지의 심정은? 다이달로스가 아들에게 밀랍으로 붙인 깃털 날개가 아니라 초강력 방염 가공 날개를 장착해주었다면, 이카로스는 죽지 않고 태양에 닿을 수도 있지 않았을까?

두 가지 생각이 동시에 들었다. 큰아이가 여기서 멈추지 않고 지금이라도 수학 학원에 다니면서 어려운 문제들을 반복해서 풀어본다면 큰아이 어깨에 강력한 날개를 다는 게 되지 않을까, 아니야. 내 아이 어깨에 강력한 날개를 달아주겠다는 생각 자체가 아이를 소진시킬 만큼 위험한 발상이야. 하는 상반된 생각이 왔다 갔다 해서 우선 나부터 중심을 잡자며 고개를 흔들었다.

사회학자 엄기호는 제주도 해녀학교를 예로 들어 공부의 정의를 설명한다. 해녀학교에서 가장 먼저 가르치는 것은 바로 '자기 숨의 길이'다. 숨의 길이는 사람마다 다를 터, 해녀가 되기 위해서 먼저 자기 숨의 길이가 1분인지, 5분인지 또는 얼마나 긴지 정확히 알아야 한다. 자기 숨의 길이가 1분인 사람은 물속에서 1분간 자유롭게 작업할 수 있고, 자기 숨의 길이가 5분인 사람은 물속에서 5분간 자유롭게 작업할 수 있다. 즉, 자기 숨의 길이만큼 자유로운 법. 공부도 마찬가지로 자기 자신의 한계를 아는 것에서 출발해야 한다. "너 자신을 알라"고 했던 소크라테스의 말대로 공부란 궁극적으로 자신이 뭘 모르는지를 알아가는 과정이다.

자신의 날개는 오로지 자신이 만들 때 의미가 있고, 아이가 날건 날지 못하건 어떠한 시행착오를 겪던 그건 전적으로 아이가 선택하고 결정해야 할 몫이란 걸 명심하자. 아이가 자신의 날개를 만들어 보기도 전에 날 수 있기를 은근슬쩍 고대한 나 자신을 반성하며 마음을 다잡아본다.

엄마가 보내는 편지

중요한 결정을 내린 수민아, 그동안 많이 노력하고 고민하고 결정하느라 고생한 너에게 박수를 보낸다.

사람들은 말하곤 해. 무언가 살까 말까를 고민할 땐 사지 말고, 어딘가 갈까 말까를 고민할 땐 가봐야 한다고. 그리고 무언가 할까 말까를 고민할 땐 하고, 하던 걸 그만둘까 말까를 고민할 땐 한 번 더 참고 견뎌야 한다고.

가보지 않은 길을 걷고 해보지 않은 일에 도전하는 건 분명 가치 있는 일일 거야. 하지만 여기에 추가해야 할 게 있어. 바로 멈추어야 할 때 멈추는 것! 가던 길을 멈추고 지나온 길을 돌아보며 왜 이 길을 가고 있는지, 이 길이 내가 가야할 길인지 다른 길은 없는지 생각해봐야 해. 이러한 멈춤은 이 시대를 살아가는 모두에게 필요한 일일 거야.

일제강점기와 한국전쟁을 거치면서 멈추고 돌아보는 과정이 생략된 채, 우리나라는 성과지향적인 경제 논리가 강하게 통하는 사회가 되고 말았어. 엄마가 학생이었을 때 급훈이 뭔 줄 알아? "하면 된다"였어. 강하고 부유해야 살아남을 수 있다고 은연중에 교육받았던 거지. 하지만 '신자유주의'라고 들어봤지? 그게 득세한 오늘날은 개발과 발전이 정체되어 일자리는 줄어들고, 그만큼 취업 경쟁은 더욱 치열해지고 있어. 취업 경쟁은 곧 학업 경쟁으로 이어져 초등학생까지 경쟁의 대열에 서게 되었어. 경쟁에서 살아남기 위해 노력하면 될까? 안타깝게도 현실은 《노오력의 배신》이란 책의 표지처럼, 노력해도 한번 날아올라 볼 기회조차 얻지 못한 채 제자리에서 추락하기 쉽잖아.

노력보다 더한 '노오력'이 배신하는 시스템에서 하루하루를 허덕허덕 이어간다 해도 우린 내일을 위해 한 그루 '희망'의 나무를 심어야겠지. 이 시대, '희망'이란 무얼까? 그런 게 있을까? 엄만 영화 〈설국열차〉의 마지막 장면이 떠오른다. 빙하기의 지구, 영화 속 사람들은 자급자족이 가능한 열차 안에 있어야 죽지 않고 살아갈 수 있다고 믿었어. 영원히 달릴 것 같았던 열차가 멈추고 생존자는 단둘 17살 소녀와 남자아이, 이들은 열차 밖으로 나와 자신들이 숨을 쉴 수 있다는 것에 놀란다. '열차 밖으로 나가면 죽을지도 몰라'라는 생각이 들 때, '열차 밖에 다른 길이 있지 않을까'라고 뒤집어 생각하는 건 어떨까? 시스템 밖을 상상하는 것, 그리하여 다른 시도를 해보는 것이 희망 아닐까.

지난 6개월 동안 영재반이라는 열차 안에서 고군분투했을 수민이. 먼저 영재반을 할까 말까 고민했고 일단 해봤으니 안 해보고 지나쳤을 때 생길 수 있는 미련은 남지 않겠지. 사람들은 하던 걸 그만둘까 말까를 고민할 때 한 번 더 참아보라고 하지만, 엄만 6개월이면 참을 만큼 참은 거라고 생각해. 그렇다면 지금이 바로 멈추어야 할 때야. 하던 걸 멈추고 널 돌아볼 시간, 바야흐로 마음껏 딴생각 딴짓을 해볼 시간이 온 거야. 유후! 마음에 드는 일이 생기면 또 한 6개월쯤 해보는 거지. 그것도 내 길이 아니라는 결정을 내릴 수도 있어. 그래도 괜찮아. 내 인생에서 이 길은 아니라는 걸 알게 되는 소중한 경험을 한 거거든. 나에게 딱 맞는 걸 단박에 찾긴 어려워. 내가 뭘 잘할 수 있는지, 나에게 맞는 건 뭔지 알아가기 위해 해보고 그만두고를 수도 없이 반복해봐야 해. 그렇게 헤매고 돌아다니다 보면 하고 싶은 것이 생겼다고 확신하는 순간이 올 거야. 그럼 그때부터 열심히 네가 원하는 일에 최선을 다해 집중하면 돼.

사실 자신의 한계를 받아들이고 멈추어야 할 때 멈출 수 있는 건 굉장히 어려운 일이야. 예나 지금이나 멈출 줄 모르는 엄만, 멈추어야 할 때를 미리 알고 그걸 행동으로 옮긴 수빈이의 용기에 감탄하고 있단다. 그러니 힘내. 엄마는 수민이를 믿고 기다려줄 마음의 준비가 되어 있단다. 엄마가 너에게 실망하는 일은 결코 없을 거야. 앞으로도 쭉!

다시 쓰는 일기

2009년의 일이다. 둘째 수린이를 낳고 출산휴가를 받아 쉬고 있을 때, 전화 한 통이 걸려왔다.

"김 과장, 미국에 다녀와야겠어요."

직장에 복귀하자마자 나는 미국행 장기 출장길에 올랐다. 당시 A전자는 고객을 위한 웹사이트를 개편했다. 국가별로 따로 존재했던 웹사이트들을 국가별 · 지역별로, 자동으로 언어가 변환되는 하나의 웹사이트로 통합하는 프로젝트를 진행했던 거다. 그런데 프로젝트가 끝나고 유독 미주법인에서만 새 웹사이트에 대한 불만 사항이 대량 접수되는 일이 생겼다. 이를 해결하기 위해 A전자 미주법인의 마케팅팀은 한국어와 영어의 이중 언어 구사가 가능하며, 미주 지역 마케팅 실무 경력을 갖춘 웹프로그래머를 찾고 있었다.

프로그래밍 언어와 영어는 만국 공통으로 사용하기 때문에, 프로그래머가 영어를 섭렵하면 전 세계 어디에 가도 일거리를 구할 수 있다. 그래서 프로그래머 세계에서 영어를 구사하는 프로그래머를 두고 '날개 달았다'고들 한다. A전자는 날개 단 프로그래머를 찾았지만 마땅한 사람이 없자, 영어를 할 줄은 알지만 결코 날개 달았다고까지 말할 수 없는 나에게 연락이 닿은 것이었다.

나는 경영학을 전공하고 IMF 직후 중소기업에서 미주지역 마케팅 담당자로 첫 직장 생활을 시작했다. 1년 후 직장을 그만두고 미국으로 유학을 떠났고, 컴퓨터 과학을 전공해 인턴십을 마치고, 한국으로 돌아와 웹프로그래머가 되었다. 그동안 이것저것 닥치는 대로 열심히 했다. 그것 또한 내 경력의 일관성을 깨는 약점이라 생각했다. 하지만 드디어 어수선한 내 경력을 한꺼번에 써먹을 수 있는 기회가 온 것이다. 운전기사와 자동차, 집안일을 도맡아 주시는 아주머니가 있는 집 등의 호사스러운 대우를 받고 설렘과 두려움을 안고 출장길에 나섰다. 다행히 출장 온 지 한 달 만에 산재해 있던 문제가 거의 해결되었다. 그 뿌듯함도 잠시 미주법인 담당자가 나를 불렀다.

"김 과장님, 새로운 일을 맡아주셔야겠습니다."

기존에 내가 맡은 일 외에 영업 관리 시스템의 업무를 보조하는 일을 더 맡게 되었다. 연말에 미주지역은 추수감사절과 블랙프라이데이, 크리스마스 등 전자제품 판매에 있어 가장 중요한 시기다. 영업 관리 시스템 역시 업무와 기술이 나와 딱 맞아떨어져 내가 잘할 수 있는 일이어서, 나는 또 정신없이 일에만 몰두했다. 일을 열심히 하면 한수록 내게 주어지는 일은 더욱 많아졌고, 급기야

몸이 아프기 시작했다. 맞다, 난 둘째 아이를 낳은 지 얼마 되지 않은 회복기의 산모였다!

그 무렵 인도인 과장과 친하게 지내게 되었는데, 그녀는 A전자 인도법인 출신으로 인도에서 2년, 한국에서 2년, 영국에서 1년, 캐나다에서 2년, 미국에서 3년째 일하고 있는 국제적인 경력의 소유자였다. 그녀의 일 이야기를 듣다 보면 그 넓디넓은 활동 반경에 눈이 휘둥그레지곤 했다. 인도에서 그녀의 신분은 최상위가 아닌 차상위 계층으로 원하는 직업을 가질 수 없었다고 했다. 그래서 인도를 떠날 목적으로 다국적 기업에 입사했다고 고백했다. 카스트제도라는 열차 안에서 열차 밖을 내다볼 혜안을 가진 그녀! 자신이 본 것을 행동으로 옮겨 전 세계를 누비는 커리어 우먼이 된 그녀의 이야기에 아낌없이 박수를 쳤다.

하지만 그녀의 눈엔 인도 사람들이 카스트제도를 신봉하는 것 이상으로, 한국 사람들에게 공통으로 발견되는 이상한 점이 있다고 했다. 일을 위해서 직장을 위해서, 휴가나 여가는 물론 가족과 자신의 건강까지 즉, 개인의 모든 것을 희생한다는 점이었다. 그녀는 내게 진심으로 말했다. 네 생애 지금 하는 일이 전부인 양, 컴퓨터에 머리 박고 일만 하지 말고 자신을 돌아보라고 말이다. 엄마를 기다리는 어린 두 아이와 아내를 기다리는 남편, 무엇보다 눈에 띄게 나빠지고 있는 너의 건강을 돌보라고 말이다. 게다가 그녀는 내가 습관적으로 야근과 주말 출근을 함으로써 업무적으로 피해를 보는 당사자는 바로 동료인 자신이라고 불평했다. 곰곰이 생각해보니 맞는 말이다. 나는 야근과 주말 출근을 멈췄다.

갑작스레 생긴 여가를 어떻게 보내야 할지 모르던 어느 날, 무작정 급행버스에 몸을 실었다. A전자 미주법인이 있는 뉴저지에서 뉴욕은 급행 버스로 30분 거리, 문화의 도시 뉴욕의 거리를 걷고 또 걸었다. 수많은 박물관과 미술관, 공연장, 세계 곳곳에서 모여든 거리의 예술가들을 통해 각국의 역사와 문화, 예술을 접할 수 있었다. 뉴욕 시내 박물관이란 박물관, 미술관이란 미술관은 다 가보았고 내 인생의 잃어버린 퍼즐 조각을 찾기라도 하듯 맨해튼의 거리거리 골목골목을 뒤지고 다녔다. 그리고 생각했다. 난 지금 여기서 누굴 위해 무얼 하고 있나?

뉴욕에서 북동쪽으로 차로 3시간을 달려가면 미국 최대 부호 별장 지대인 '뉴포트'가 있다. 뉴포트는 사계절 쾌적하고 온화한 날씨와 해안선의 그림 같은 풍광 때문에 미국 역대 대통령들의 휴양지로 애용했던 곳인데, 특히 존 F. 케네디와 재클린 부비에가 이곳 세인트메리교회에서 결혼식을 올려 유명해졌다. 아름다운 해안선을 따라 궁전같이 거대한 별장들이 쭉 늘어서 있는데, 100여 년 전 무역으로 큰돈을 번 상인들이 한 채당 수천 명의 인부를 동원해 수년 동안 지은 것이라 했다. 거대한 별장들은 유료로 개방되어 박물관처럼 내부를 볼 수 있다. 별장 한 채를 둘러보는데도 한나절이 걸린 정도로 거대하고, 상주 가이드와 오디오 서비스도 있어서 그 별장이 지어진 시기의 역사와 그 당시 상인이 축적했던 부와 명예에 대해서도 상세히 들을 수 있었다. 무엇보다 내 마음을 움직인 것은 별장을 짓는 데 동원되었던 인부들의 이야기였다.

상인들은 무역으로 더 많은 돈을 벌어들이려고 열을 올린다. 부를 축적한 상인들은 자신의 재력을 과시하기 위해 더욱 거대하고 화려한 별장을 짓는다. 거대 상인의 거대 별장을 짓는 것이 꿈인 인부들은 어려서부터 거대한 별장을 짓는 데 필요한 여러 가지 기술을 연마했다. 설계와 건축은 물론 전 세계에서 튼튼하고 아름다운 건축자재를 수집하여 운반하는 일, 육중한 대리석을 자유자재로 다루는 기술, 귀금속과 보석으로 장식품을 만들 세밀한 기술 등….

여기 안색이 좋지 않은 인부가 있다. 그녀의 꿈은 이 별장에서 꼭 필요한 일꾼이 되는 것이다. 그녀는 별장을 짓는 데 필요한 모든 기술을 배웠고, 누구보다 열심히 일했다. 상인은 일을 열심히 하는 그녀에게 일을 더 준다. 그녀는 자신을 인정해주는 상인이 감사하고 또 감사하여 더욱 열심히 일한다. 그것이 자신의 건강을 해치는 일인지도 모른 채….

그렇게 100여 년 전 수천 명 인부의 삶에서 나를 발견할 수 있었다. 나는 일을 하며 두 아이를 낳고 석사 과정을 병행하느라 몸이 상당히 지쳐 있었다. 오랜 기간 지속한 컴퓨터 안으로 기어들어갈 듯한 나쁜 자세는 척추를 지탱하는 근육에 무리를 주었다. 결국 진통제 없이 더는 해외 출장 일정을 소화하기 어려운 상태에 이르렀다. 나는 어리석게도 건강을 잃고서야 '멈추기'를 선언했다.

Day5

직업 찾기?
꿈 찾기?

어떤 일하며 살까

"수민이는 커서 어떤 일하고 싶어?"

"계속 놀았으면 좋겠어."

"엄마도 그랬으면 좋겠다."

"계속 놀아도 돼?"

"노는 게 일이고 일이 놀이가 되는, 어디 그런 일 없을까?"

"정말 그런 일이 있었으면 좋겠어!"

"그런 일을 찾으려면 우선 내가 어떤 일을 할 때 노는 것만큼 좋은지 알아야겠지?"

"찾고 싶은데 못 찾으면 어떡해?"

"놀이가 일이 되는 게 최선이라면, 할 만한 일을 하고 남은 시간에 노는 건 차선쯤 되겠지."

"할 만한 일은 어떻게 찾을 수 있을까?"

"최선도 차선도 내가 어떤 사람인지 알아야 찾을 수 있어."

"엄마는 찾았어?"

"음, 아직 찾고 있어. 나를 알아간다는 건 평생에 걸쳐 해야 할 일이거든."

"평생이나?"

"사람은 더 오래 살게 됐지만 직업의 수명은 계속 짧아지고 있어. 평생 한 가지 직업을 유지한다는 건 거의 불가능한 일이 되고 있지. 엄마도 아빠도 늘 찾고 있어. 몇 년 후에 하게 될 일을 말이야."

"아! 어렵다."

자유와 책임

"내 앞에 두 길이 있어. 하나는 많은 사람이 가려는 길이야. 많은 사람과 함께 가니까 안전한 것 같긴 해. 하지만 그 길은 갈수록 좁아지고 경쟁은 더욱 치열해. 마지막 순간까지 경쟁해야 해. 또 다른 길은 인적이 매우 드문 길이야. 누구도 가보지 않아서 그 길이 어떤지 알 수 없어. 수민이는 두 가지 길 중에 어느 길을 선택할 거야?"

"인적이 드문 길! 난 미지의 세계로 가고 싶어."

"아무런 정보를 얻을 수 없는데도?"

"응, 어려워도 '나의 길'을 갈 거야."

"이번엔 두 가지 직업 중에서 하나를 골라 봐. 먼저, 엄마가 정해 준 직업이 있어. 엄마가 시키는 대로 공부하면 그 직업을 얻을 수 있을 거야. 게다가 평생 그 일을 하면서 안정적으로 살아갈 수도 있어. 자, 이번 직업은 수민이가 좋아서 스스로 선택한 일이야. 그 일을 하기 위해서는 오랜 시간 방황하고 돌아갈 수도 있어. 잘하면 천직을 얻을 수도 있지만, 대개 고생만 하고 끝나는 경우도 많아. 넌 어떤 일을 선택할 거야?"

"방황하며 돌아가지만 내가 좋아서 선택한 일."

"왜?"

"난 안정적인 것보다 모험이 좋거든."

"엄마도 그랬어. 엄마의 자유의지로 멋진 미래를 만들어가고 싶었지. 엄마랑 수민이, 닮은 데가 또 있네?"

"그런데 엄마, 평생 직업을 못 찾으면 어쩌지? 내가 좋아하는 일이 직업이 될 때까지 엄마가 지원해줄 거지?"

"수민이가 성인이 될 때까지만 지원할 거야. 평생은 좀 곤란해."

"성인이 돼도 직업이 없다면?"

"그래도 독립해야 돼. 다른 일을 하면서 동시에 네가 가야 할 길도 가꾸어야겠지?"

"아! 엄마랑 평생 함께 살고 싶은데…."

"자유에는 책임이 따른다!"

"자유롭게 산다는 건 쉬운 일이 아니네?"

난 고개를 끄덕였다.

엄마가 보내는 편지

미래에 대해 부쩍 관심이 커진 수민아!

많은 사람이 원하는 안전한 길보다 나만의 길을 찾아가겠다고, 엄마가 정해준 일보다는 내가 원하는 일을 하겠다고 말하는 수민이가 엄만 참 든든해. 어릴 적 엄마도 수민이처럼 당차게 자기주장을 펼치는 어린이였지만, 장래 희망에 있어서만큼은 내가 원하는 걸 말하기보다 어른들이 좋아할 만한 대답을 내놓곤 했거든. 자신의 길을 가겠다고 말하는 수민이가 엄만 좋다. 나만의 방식으로 내가 살고 싶은 세상을 디자인하고 만들어간다는 건 멋진 일이잖아.

요즘 초등학생에게 장래 희망을 물으면 '정규직'이라고 대답한다는 이야기를 들었어. 직장을 구하기 어렵고 고용이 불안정할수록 안정적인 것에 매달리는 현상을 이해 못 하는 건 아니지만, 생애 가장 엄청난 꿈을 꾸어야 할 시기에 '정규직'을 꿈꾼다니, 엄만 왠지 씁쓸하더라. 일하는 사람이라면 모두가 정규직이 되는 것이 당연한 일인데 비정규직이 늘어만 가는 현실도 참 안타깝고 말이야.

엄마 어릴 땐 어땠던 줄 아니? 엄마가 초등학생 때 엄마 친구들은 '대통령', '과학자', '판검사', '외교관'이 되겠다고 큰 소리쳤어. 누구 꿈이 더 큰가 내기라도 하듯 엄청난 꿈들을 꿨지. 어려웠던 시기, 큰 꿈을 꾸는 모습을 보여드리는 건 부모님 어깨에 힘을 실어드리는 일이었거든. 그래서 엄만 장래 희망을 묻는 어른들의 표정을 살피며 어른들이 선망하는 직업을 골라서 대답했어. 물론 마음 깊은 곳엔 엄마만의 진짜 꿈이 꿈틀대고 있었지만 말이야.

진짜 꿈은 은밀하게 숨겨둔 채, 차선책으로 엄만 '사장', '회장'이 되기로 마음먹었어. 얼른 어른이 돼서 어려운 가정 형편에 작은 보탬이라도 되고 싶었거든. 하지만 초등학교 6학년 때였나? 사회 시간에 생산의 3요소에 대해 배우고선 엄만 심각한 고민에 빠졌어. '사장'이나 '회장'이 되려면, 무언가를 생산해내야 할 테고, 생산하기 위해서는 토지, 자본, 노동의 3요소가 필요하다는데, 주위를 아무리 둘러봐도 엄마에겐 토지와 자본이 없었어. 엄마가 가진 '노동'만으로 무언가를 생산해낸다는 건 마치 동화 속 마법사들이나 할 수 있는 일 같았지. 그래서 엄만 일단은 직장을 구하고 열심히 일해서 초고속 승진을 해서 '사장'이나 '회장'이 되어야겠다고 다짐했어. 그러기 위해 우선 좋은 직장부터 구해야겠다고 생각했지. 그러고 보니 좋은 직장에서 일하고 싶다는 꿈을 꿨던 엄마 어릴 적 모습이 '정규직'을 꿈꾸는 지금의 초등학생들과 크게 다르지 않구나.

엄마가 너만 했을 때 외할아버지께선 일하시던 직장에서 노동조합을 만들기 위해 무척 애쓰셨고, 끝내 직장을 잃고 말았어. 엄만 외할머니가 고생하시는 게 싫어서 외할아버지께서 다른 집 아버지처럼 평범한 직장인이기를 바라기도 했어. 하지만 엄마가 나중에 회사에 다녀 보니 생각이 바뀌더라. 노조가 있어서 얼마나 든든했는지 외할아버지께 절이라도 하고 싶었어. 어릴 적 '사장'과 '회장'이 되겠다던 지극히 현실적인 엄마의 꿈은 사실, 노사勞使 모두를 위한 사업장을 한번 만들어보겠다는 어린 나의 야심 찬 이상의 구현이었거든. 이렇게 꿈은 현실에 바탕을 두고 있고, 오랜 시간을 두고 과거의 이상은 미래의 현실이 되기도 해.

지하철 2호선 구의역에서 사고를 당해 목숨을 잃은 오빠에 관한 기사를 읽고서 "이런 일이 왜 자꾸 생기는 거지?"라며 눈물을 글썽였던 수민이. '정규직'이 꿈이 되어버린 시대, 그렇다고 우리 미리 절망하진 말자. 놀이가 일이 되고 일이 놀이가 되도록 하는 최선과, 할 일을 마치고 여유 시간을 가질 수 있게 만드는 행복한 차선은, 우리 사회가 가진 여러 문제가 해결되어야 더불어 실현 가능해진단다.

외할아버지 시대에 없었던 노조가 지금은 많아졌고, 사장도 회장도 되지 못한 엄마가 남몰래 꿈꾸어왔던 진짜 하고 싶었던 일을 이제 막 시작하게 된 것처럼, 과거와 현재는 긴밀하게 연결되어 있고 우리의 노동은 진화한단다. 당장 이루어지지 않는다 해도 꿈을 놓지 마. 노예 제도를 폐지하는 데 백 년 이상 걸렸고, 아동 노동을 끝내는 데도 백 년이 더 필요했대. 또한 최저임금제를 시행하는 것 역시 백 년이 더 걸렸다는구나. 사회는 한 걸음에 바뀌지 않는단다. 지금도 사회를 변화시키려 움직이는 많은 사람이 있어. 엄마 아빠도 포기하지 않고 작은 힘을 보탤 거야. 수민이와 수린이가 살아갈 세계도 너희가 걸어갈 갈 길도 점점 더 좋아질 거라 엄만 믿는다.

다시 쓰는 일기

한 남자가 내 앞에서 울고 있다. 우리는 미국에서 만나 함께 공부했으나, 그는 졸업을 위해 한국으로 돌아가야 했고 나는 공부를 마치기 위해 미국에 남았다.

그는 참 자상한 사람이었다. 한국에 돌아가서도 매일같이 이메일과 전화로 나를 격려해주었고, 응급 상비약에서부터 기념일 선물까지 잊지 않고 보내주었다. 또 인터넷에 둘만의 공간을 직접 만들어, 내가 좋아하는 시와 우리의 사진으로 깜짝 이벤트를 해주기도 했다. 진심과 사랑으로 응원해주는 그가 있어서 나도 힘든 유학 생활을 잘 버틸 수 있었다.

그랬던 그가 대학을 졸업하고 나를 찾아 다시 미국에 온 것이다. 졸업은 했고 언론인이 되고 싶지만, 자신이 원하는 언론사에 들어가긴 힘들 것 같다는 이야기로 입을 열었다. 취업하는 대신 대학원에 입학해서 철학 공부를 더 하겠다고, 용돈은 인권 단체에서 일하면서 벌겠다고 자신의 계획을 이야기했다.

불과 1년 전, 그는 나와 함께 낮에는 학교 식당에서 서빙을 하고 밤에는 학교 건물 청소를 하며 공부했다. 우린 스스로 벌지 않으면 공부할 수 없는 고학생이었다. 그의 형편을 잘 알았기에 물었다. 대학원 등록금은 어떻게 마련할 거냐고, 서울에서 숙식은 어떻게 해결할 거냐고, 인권 단체는 좋은 일을 하는 곳이니만큼 급여가 적을 것이 뻔한데 대학을 졸업하고도 부모님께 의지할 생각이냐고.

대답 없는 그에게 더 몰아치듯 물었다. 지금 여긴 어떻게 왔느냐고, 이 멀리까지 비용은 어떻게 마련했냐고. 그의 부모님은 아무것도 모르시고, 항공권은 친한 친구에게 돈을 빌려서 구했다고 했다. 그 친구에게 빌린 돈은 어떻게 갚을 거냐고 묻자, 그는 또 한참 말이 없었다.

지난 1년 동안 그를 무척 그리워했고 그가 이곳에 다시 와주길 간절히 바랐던 건 나였다. 하지만 그의 방법은 잘못되었다. 먼 곳에 있는 여자 친구를 만나러 오겠다고 마음먹었다면, 적어도 지난 1년간 그 여비를 마련하기 위해 뭐라도 해야 했다. 난 우선 친한 친구에게서 빌린 돈부터 갚으라며 내 두 달 치 생활비를 건넸다. 왕복 항공권 가격의 딱 절반이 되는 금액이었다. 그리고 촌철살인의 한마디도 덧붙였다.

"원하는 일을 해. 그리고 날 기다리지 마. 부모님 등골을 휘게 하든지, 부잣집 딸내미 등쳐먹든지 방법은 있을 테니까."

그리하여 그는 내 앞에서 울음을 터뜨린 거였다. 자신에게 무슨 문제가 있냐고 물었고 나는 말했다. 우린 성인이고, 성인으로서 하고 싶은 일이 있다면, 그것을 어떻게 해낼 것인지 먼저 생각해야 한다고 말이다. 경제학의 수요와 공급곡선까지 그려 보이면서, 수요곡선이 내가 하고 싶은 일이라면 공급곡선은 내가 해야 하는 일, 즉 수요곡선과 공급곡선이 만나는 지점의 일을 선택하는 것이 맞지 않냐고. 독립적인 인간으로 성장하는 것이 그 당시 나를 지배하는 논리이자 삶의 방향이었기 때문이다.

그는 한국으로 돌아갔다. 그리고 소식을 전했다. 친구의 도움을 받아 어느 회사 경영지원팀에 취업했으며, 결혼 자금을 마련하기 위해 적금도 들었다고 했다. 내가 졸업을 하고 한국으로 돌아왔을 때 그는 많이 달라져 있었다. 자신이 하고 싶은 일을 생각하면, 동시에 그것을 하기 위해 어떻게 할 것인지를 함께 생각하는 사람이 되어 있었다.

그와 결혼한 지 13년이다. 결혼 전 미국에서의 그 사건 덕분에 우리 부부는 양가 부모님의 경제적 지원 없이도 그럭저럭 잘 살고 있다. 부부가 함께 준비해 65세 이후의 노후 연금도 적게나마 마련해놓았다. 하지만 내 마음속 깊이 빚이 남았다. 이 사람, 나를 만나지 않고 자신이 원하는 길로 갔다면 얼마나 좋았을까? 방황하고 돌아가도 자신이 그토록 원했던 어릴 적 꿈, '철학자'가 되는 것에 가까이 가지 않았을까?

수요공급 곡선을 그리던 나의 이십 대 시절 논리는 남편이 파업을 겪으면서 완전히 전복되었다. 작가 공지영이 자신의 삶을 5.18 광주민주화운동을 알기 전과 알게 된 후로 구분한다고 한 것처럼, 나에게 남편의 파업은 내 인생을 구분 짓는 거대 사건이 되었다. 마음이 시키는 일을 할 때 더 행복하다는 걸 알게 된 최초의 경험이었다.

허리띠를 졸라매야 하는 무임금의 시기에 난 왜 그토록 행복했을까? 그건 내가 내 가치관에 부합하는 일을 했고 그런 일을 하는 사람들을 지지했기 때문이다. 하고자 하는 일이 있다면, 또는 통하는 사람이 있다면, 그 일을 해야 한다는 걸 이제는 안다. 원하는 일을 제대로 한다면 나뿐만 아니라 함께한 우리가 다 같이 행복해진다는 동화 같은 진리도 경험으로 알게 되었다. 그러니 이젠 분명히 말할 수 있다. 가난하기 때문에, 또는 가족을 위해 "꿈을 포기하지 마십시오!"라고. 무엇이든 다시 시작하려는 이들에게 내 작은 경험이 위로와 힘이 되었으면 좋겠다. 나 역시 이제야 다시 출발선에 섰다.

Day 6

인생은
모험

탐험가를 꿈꾸었던 아이

큰아이 수민이의 더 어릴 적 꿈은 무엇이었지? 기억을 되돌려본다. 다섯 살 수민이는 만능 수리공이 되고 싶어 했다. 멜빵바지에 연장통을 들고서 집 안 구석구석을 둘러보며 수리할 곳을 찾아다녔다. 꼬마 수리공은 한 뼘 자라 《15 소년 표류기》와 《해저 2만 리》를 읽은 후엔 탐험가가 되어 길을 나서겠다고 했다. 4학년 수민이의 기록을 찾았다.

"수민아, 이거 좀 봐봐."

나의 꿈, 탐험가

◆ 탐험가란 무엇인가? ◆

탐험가란 탐험을 하는 사람이다.

탐험이란 미지의 지역을 조사하거나 뭔가를 찾아내고 밝히기 위한 행위이다. 일반적으로 위험한 것으로 알려져 있다. 탐험은 위험을 감수하고 미지의 세계로 떠나는 여행이다.

◆ 탐험가가 되고 싶은 이유 ◆

내셔널 지오그래픽 채널에서 탐험가 베어 그릴스를 본 적이 있다. 베어 그릴스는 아마존을 탐험하면서 식사로 벌레를 잡아먹고, 뱀에 물리는 사고가 발생하자 바로 풀을 뜯어서 상처에 발라 독을 없앴다. 그 모습을 보고 나는 탐험가의 매력에 푹 빠졌다. 그 후에 베어 그릴스가 사막에서 무시무시한 코브라의 머리를 떼어내고, 코브라 몸통을 마치 소시지를 먹듯 자연스럽게 먹는 모습을 보고, 나도 그처럼 용감한 탐험가가 되어야겠다고 마음먹었다.

◆ 탐험가가 되면 하고 싶은 일 ◆

- 아마존이나 사하라사막 등 오지를 탐험하고 싶다.
- 오지의 아름다운 모습을 사진에 담아 많은 사람에게 소개하고 싶다.
- 극한의 환경에서도 살아남을 수 있는 생존 기술을 터득하고 싶다.
- 인간 문명이 닫지 않은 미지의 장소에서 원주민이나 부족들의 생활을 체험해보고 싶다.

"아! 내 꿈이 탐험가였지!"

아이는 탄성을 질렀다. 가뜩이나 진지한 큰아이는 5학년이 되어 반에서 부회장을 맡고 영재반 수업을 들으면서 더욱 진지해졌다. 진지를 넘어 심각의 경지에 이르렀던 큰아이. 아이가 고민할 때면, 책임감이 강해 자신을 닦달하는 매우 피곤한 유전자를 내가 물려준 것만 같아 마음이 쓰이곤 했다.

"그래, 수민아. 우리 너무 심각하게 고민할 필요 없잖아?"

이 말은 아이에게 하는 말이면서 동시에 나에게 하는 말. 미래는 예측할 수 없고 현재에 미래를 심각하게 고민한다고 해서 어두운 미래가 환해질 리 없으니, 지금 이 순간을 내가 원하는 대로 살아보기로 하자. 탐험가가 되고 싶다면 지금 탐험을 시작하자고!

나도 떠나고 싶어!

"엄마 드디어 찾았어."

"뭘?"

"내 롤모델!"

집에 들어서자마자 책가방을 벗지도 않고 헐레벌떡 뛰어와서 말하는 큰아이. 이건 완전 "유레카!"를 외쳤던 아르키메데스의 몸짓이다.

"그래? 누군데?"

"한. 비. 야."

큰아이는 그 이름 석 자를 입에 담기만 해도 영광스럽다는 듯, 한 글자 한 글자 정성을 다해 발음했다. 한 달 전쯤이었나? 남편이 큰아이가 좋아할 거라면서 《바람의 딸 걸어서 지구 세 바퀴 반》 4권 중고 세트를 사 왔다. 출간한 지 십수 년이 지나 종이가 누렇게 바랬고 글자도 꽤 작은 편이라 아이가 읽을 수나 있을까 싶었는데, 예상밖에 네 권을 줄기차게 끼고 다녀 놀랍기도 하고 대견하기도 하던 차였다.

"그 책이 그렇게 재미있어?"

아이의 말은 이랬다. 이 책을 읽으면서 먼저 작가 한비야에 반했단다. 자기만의 길을 걸어가는 용기와, 좋아하는 건 끝까지 해내고 싫어하는 건 확실히 거부하는 뚝심과, 온몸으로 세상을 만난 이야기가 마음에 쏙 들었다고. 하지만 아이는 오지 탐험가가 과연 직업이 될 수 있을지에 대해 강한 의문이 들었는데, 오늘 학교에서 그 고민이 싹 해결되었다는 것이다.

"한비야 선생님, 국제 NGO 단체에서 구호 활동가로 일하신대!"

학교 진로 체험 활동 시간에 한비야 선생님이 '국제구호 활동가'란 직업을 갖고 있다는 사실을 알게 되었다고 했다. 아이는 《한비야의 중국견문록》을 펼쳐 보이며 환하게 웃었다.

> 한순간 어쩔까 망설였다. 이 빵을 이 아이가 먹고 배가 부른 것이 좋은 건지, 내가 먹어 내가 이 아이들의 친구라는 걸 알리는 것이 좋은 건지. 찰나의 망설임 끝에 나는 빵을 받아 한입 베어 물었다. 그러자 같이 있던 아이들이 손뼉을 치고 소리를 지르며 좋아서 어쩔 줄을 몰랐다. 순간 가슴 밑바닥에서 마그마처럼 뜨거운 것이 솟아올라 왔다.
>
> 그날 나는 마음을 굳혔다. 여행이 끝나면 난민 기구에서 일하리라고. 특히 아이들을 위해 나를 아낌없이 쓰겠다고. 돌아보면 국제 홍보를 전공한 것도, 7년간 세계를 돌아다닌 것도 이 일을 하기로 마음먹는 과정, 이 일을 잘하기 위해 운명적으로 거쳐야 했던 과정이 아니었겠느냐는 생각이 든다.
>
> – 한비야, 《한비야의 중국견문록》 중에서

그래. 지금 네가 내딛는 한 걸음 한 걸음이 네 길을 만들겠지. 아이는 수줍어하며 오늘 학교에서 만들었다는 자신의 미래 명함을 내밀었다.

수민이랑 수린이

♥수민이의
미래 명함

"이제,
우리끼리 모험을
떠날 수 있어요!"

"세상 밖은 무섭긴 하지만,
좀 더 신나고
재밌는 게 많아요."

엄마가 보내는 편지

생애 처음 롤모델이 생긴 걸 축하해, 수민아. 너의 입에서 '한. 비. 야.'라는 세 글자가 나왔을 때 엄만 무척 놀랐어. 한비야 선생님과 수민이, 더할 나위 없이 잘 어울리잖아.

네가 어릴 적부터 모험 정신이 얼마나 강했는데! 엄마와 떨어져 머나먼 시골에서 살았던 네 살 수민이를 찾아다니느라 외할머니께서 애를 많이 쓰셨어. 외할머니를 더욱 놀라게 한 건, 사라진 줄 알았던 네가 시골집 앞마당에서 태연하게 뱀과 놀고 있던 모습이었대. 외할머니께서 일하고 있던 엄마에게 전화해 그 상황을 말씀해주실 때면, 엄마는 무섭기도 하고 우습기도 해서 일하다 말고 혼자 킥킥 웃었어. 외할아버지 외할머니께선 귀농하신 지 한참이 지나도 도무지 적응이 안 되는 게 바로 뱀과 대면하는 거라고 했는데, 어린 네가 뱀과 놀고 있었으니 얼마나 놀라셨을까?

다섯 살에 엄마 보러 미국에 왔던 거 기억나니? 크리스마스 휴가 때 우리 워싱턴 D. C.에 있는 스미소니언박물관에 갔잖아, 넌 거기서도 곤충을 직접 만져볼 수 있는 체험장에서 어른 주먹만 한 전갈을 가지고 놀았지. 박물관 직원이 전갈을 가지고 논 가장 어린 소녀라고 너를 소개해서 많은 사람이 박수 치며 환호했지. 그때 엄만 무서워서 숨어 있었지만, 겁 많은 엄마와는 비교할 수 없이 용감한 수민이가 무척 자랑스러웠단다.

어릴 때부터 담력이 대단했던 수민이. 뱀이나 전갈과도 친구가 되었던 수민이. 파충류를 키우고 싶다, 곤충을 키우고 싶다, 엄마에게 수도 없이 말했지만 엄마가 무서워서 수민이의 소망을 한번 들어준 적이 없었지. 수민이가 한비야 선생님처럼 오지 탐험가가 되겠다니, 엄마도 설렌다. 늘 진지하고 심각한 엄만, 책상에 엉덩이 붙이고 앉아 공부하거나 컴퓨터 모니터를 들여다보며 일을 할 때 안정감을 느꼈고, 늘 안전한 길로만 가려고 했어. 엄마와 달리 미지의 세계를 향해 온몸으로 도전하려는 수민이가 참 멋져 보여!

이번 방학에 할머니 할아버지가 계신 대전과 외할머니 외할아버지가 계신 부산을 수린이와 단둘이서 다녀오기로 했지? 엄마 아빠 없이 먼 길을 떠나는 너희가 한편으론 대견하면서도 걱정이 밀려오는구나. 생애 처음 떠나는 모험의 첫 발걸음, 그 도전이 끝난 후에 어떤 얼굴의 수민이 수린이를 만나게 될지 엄만 무척 궁금해.

다시 쓰는 일기

돌아보면 내게도 모험의 기회가 꽤 여러 번 찾아 왔었다. 유학과 출장 그리고 나 홀로 또는 가족과 함께한 여행들, 무엇보다 두 아이 출산과 육아….

내 인생 첫 직장에서 실패를 경험하고서 단돈 오백만 원을 들고 무작정 미국으로 떠났다. 거기서 3년 하고도 3개월을 살다 돌아왔다. 그 긴 시간 동안 난 무얼 했나? 마치 공부중독자라도 된 것처럼 토플 시험을 치고, 편입을 하고, 아르바이트를 세 개나 하면서 비싼 등록금을 감당하며 스펙을 쌓지 않았나. 남편과 떠난 이탈리아 여행에선 또 어땠나? 남들 좋다고 하는 문화유산을 찍고 다니기 바쁘지 않았나. 홍콩, 스페인 여행도 그저 눈과 입이 만족하는 여행만 했을 뿐이다.

두 번 장기 출장을 갔을 땐 심지어 투자에 혈안이 되어 있었다. 처음 미국에 갔을 때, 당시 미국 부동산 시장은 호황기에서 하락세로 막 접어들었을 무렵이었다. 그곳의 부동산 전문가는 향후 5년간 집값은 더 내려갈 것이라 예상했고, 5년 후에는 부동산 경매 물건이 판을 칠 거라 했다. 나는 한국 부동산 시장의 시세 추이는 미국보다 7년에서 10년가량 뒤처지고 있다고 체감해서, 한국에 들어오자마자 주택 담보 대출을 받아 서울에 아파트를 샀다. 예상대로 3년 후에 팔아 시세 차익을 남겼다.

두 번째로 미국에 갔을 때, 처음과 달리 미국인의 자동차와 전자제품 선호도가 바뀌어 있었다. 미국도 불황이 시작되어 상대적으로 고가인 일본 제품보다 제품의 질은 우수하지만 가격에 장점이 있는 한국 제품을 선호하게 된 거였다. 거리에서 현대와 기아의 자동차가 자주 보였고, 텔레비전이나 세탁기도 삼성이나 엘지 제품을 사용하는 것을 종종 목격할 수 있었다. 이듬해 한국으로 돌아온 후 나는 '삼성'과 '현대차', '기아차' 중심의 우량주 투자를 시작했고 곧 현금화했다. 이렇게 벌어들인 부동산과 주식의 시세 차익으로 시어머니께 자동차를 사드렸고, 친정의 시골집을 개조하는 데 보태드렸고, 우리 가족의 빚을 청산했다.

그땐 내가 참 잘했다고 생각했더랬다. 졸업장이라는 강력한 스펙을 장착하고 빚 청산이라는 과업을 수행했으니까, 어쨌든 여행이나 출장에서 얻은 게 있었으니까.

하지만 아이 둘을 낳고 키우는 내 일생일대의 대모험을 겪으면서 조금씩 생각이 달라졌다. 우리 아이들이 살아갈 미래의 세상을 담보해, 당장 이익을 챙길 수는 없는 일 아닌가. 눈앞의 이익으로 가깝거나 먼 미래에 발생할지도 모를 손해에 대해서도 한번 생각해보게 된 거다. 인생을 길게 보려고 노력했고, 현실 너머를 보려고 애썼다. 그동안 연암이 열하를 방문한 것과 같은 천재일우가 나에게 여러 번 찾아왔음에도 현실에 눈이 멀어 '이利'가 아닌 다른 것을 보지 못했던 걸 땅을 치고 후회하며.

인생의 지침이 될 만한 꿈이 있다면 얼마나 좋을까? 그렇다면 당장의 스펙 쌓기나 눈앞의 이익이 내 삶의 중심이 되진 못하리라. 장기적이고 지속적인 꿈을 갖기 위해, 지금의 작은 꿈을 넓혀 나와 가족을 넘어 사회와 인류까지 확장해나가야 하리라. 《바람의 딸 걸어서 지구 세 바퀴 반》을 읽고 꿈을 찾아 떠나겠다는 내 아이들을 보면서, 나의 시야도 조금씩 더 넓어지고 깊어짐을 느낀다. 이건 순전히 내 곁에서 나를 이끌어주는 아이들 덕분이다. 비로소 나는 내 삶의 주체이자 운명의 주인으로서 진짜 꿈을 찾아 떠날 준비가 되었다.

아이들에게서 온 편지

여름방학, 아이들이 모험을 떠난 후 일주일 만에 편지를 보내왔다.

수린이가 엄마에게

엄마께

엄마! 저 수린이에요. 저 보고 싶었어요?

저도 엄마 보고 싶어요.

저, 언니하고만 기차 타는 거 많이 긴장됐어요.

하지만 이젠 괜찮아요.

엄마! 저 잘 놀고 올게요.

사랑해요.

수린 드림

수민이가 엄마에게

엄마께

엄마! 저 수민이에요.

대전에서 잘 지내고 있어요. 이제 수린이랑 부산으로 갈 거예요.

엄마가 곁에 없는 시간 동안 여러 가지를 느끼게 되었어요.

엄마에게 털어놨던 모든 걸 전화로만 얘기하니까

마음이 아주 무거웠고, 수린이랑 싸워서 울기도 했고,

이곳 대전에선 부끄러워서 먹고 싶은 게 있어도 말도 못 했고….

역시 이 모든 건 엄마께만 털어놓을 수 있는 것인가 봐요.

엄마와 안을 때 느끼는 따뜻한 품, 부드러운 목소리,

어떤 말을 해도 슬며시 웃어주시는 미소….

(저 이 편지 쓰다가 울었어요!)

요즘 엄마가 없어서 많이 힘들기도 했지만 괜찮아요.

전 큰딸이잖아요! 그리고 저 새삼 엄마의 소중함을

깨닫게 되었어요. 정말 사랑해요.

수민 드림

Day 1

진짜 사랑을 하고 싶어

Day 2

친구가 너무 좋아, 엄마보다 더!

Day 3

이성 친구 사귀기는 너무 어려워

Day 4

누구나 한 번은 우정에 실패해

Day 5

엄마와 아빠가 싸운 날

Day 6

부탁해요, 엄마

2부

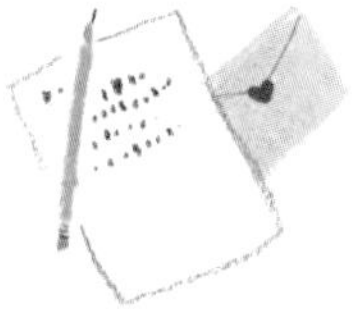

사랑한다는 말은

- 친구 사귀기가 어려운 딸에게

Day 1

진짜 사랑을 하고 싶어

나도 사랑하고 싶어

"엄마, 나도 사랑하고 싶어."

어린이날 아침, 열두 살 큰아이가 말했다. 남편이 차려준 어린이날 특별식을 한술 떠넣다가 그만 그대로 뿜을 뻔했다. 길거리에서 같은 반 친구가 먼저 반갑게 인사를 해와도 특유의 '도도함'을 잃지 않는 큰아이. 세상 어디에서도 혼자서 잘 살아갈 것 같은 큰아이 입에서 그런 말이 나오다니.

"수민아, 엄마 마음 안 보여? 우리 서로 사랑하는 사이잖아."

나는 모른 척 달래듯 말했고 큰아이는 더욱 보챘다.

"그런 사랑 말고 사랑의 열병 같은 거. 나도 뜨겁게 사랑해보고 싶다고."

아아, 사춘기에 들어선 큰아이는 사랑에 목이 마른가 보다. 가족과 함께 있어도 외롭고, 친구와 함께 있어도 외로웠던 그때. 사랑이 뭔지는 몰라도 사랑이라면 날 구원해주지 않을까, 사랑하는 이가 나를 이 외로움의 구렁텅이에서 구제해주지 않을까 싶었던 그때. 마치 온몸에 구멍이 뚫려 찬바람이 뼛속까지 들어오는 것 같았던 그 느낌이 기억났다.

엄마와 언니의 대화를 듣고 있다가 작은아이가 자긴 뭘 좀 안다는 듯 씩 웃으며 끼어들었다. 네 살 이후로 남자친구가 끊이지 않는 작은아이는 지금도 한 친구와 아름다운 사랑을 키워가고 있다. 사랑에 있어서는 작은아이가 확실히 한 수 위다.

"참, 수린이한테 한번 물어 봐."

내가 농담 삼아 이야기했더니, 작은아이는 큰아이에게 미주알고주알 '사랑 수업'을 했다. 먼저 이름 불러주기, 웃으면서 인사하기, 친절하게 말하기 등 절로 고개가 끄덕여지는 항목들이었다.

"수린아, 그것만으로는 부족할 것 같은데? 사랑을 가꾸는 덴 좀 더 특별한 게 있어야 하지 않을까?"

세 모녀는 사랑을 주고받는 바람직한 방법에 대해 고민하기 시작했다.

사랑의 의미

"수린이가 생각하는 사랑은 어떤 거야?"

"으음, 가장 친한 친구와의 우정이지."

"그럼 수민이가 생각하는 사랑은?"

"사랑은 우정보다는 특별해야 할 거 같아. 목숨을 바칠 만큼 소중한 거? 내 목숨을 걸고서라도 지키고 싶은 거?"

"이번엔 아빠는?"

"사랑이라면 즐거운 것이어야지. 난 감각적이고 유희적인 사랑이 좋아."

온 가족이 모여 사랑의 의미를 생각한다. 좋은 친구로서의 사랑, 이타적 사랑, 유희적 사랑, 논리적 사랑, 낭만적 사랑, 소유적 사랑… 사랑의 유형은 많고 많다.

"엄마, 난 안중근 의사나 전태일 열사처럼 큰 사랑을 하고 싶어."

큰아이가 말했다. 어쩌면 이 아이는 이런 면까지 날 쏙 빼닮았을까? 나도 큰아이만 했을 때 대의를 위해 내 한 몸 바치고 싶었다. 독립운동가 유관순 열사나 구국의 소녀 잔 다르크처럼 살길 원했다. 하지만 지금은 어떤가? 아직 어린 두 아이를 지키기 위해서라도 내 목숨을 꼭 부지해야 한다고 마음이 바뀌지 않았나.

언젠가 서대문형무소에서 안중근 의사의 어머니 조마리아 여사께서 아들에게 보낸 편지를 읽은 적이 있다. "옳은 일을 하고 받은 형이니 비겁하게 삶을 구하지 말라. 떳떳하게 죽는 것이 어미에 대한 효도다." 과연 나라면 죽음 앞에서 자식에게 신념을 지키라고 말할 수 있을까? 난 고개를 크게 흔들었다. 그렇게는 못 해!

"아빤, 수민이가 어떤 사랑을 하건 너를 믿고 지지할 거야."

얼씨구! 남편이 한술 더 뜨는 그 짧은 순간, 큰아이가 안중근 의사나 전태일 열사로 등장하는 다큐멘터리 두 편이 내 머리에서 빠르게 지나가고, 그 장면이 너무 두려워 가슴을 쓸어내려야 했다.

김중술 교수는 《사랑의 의미》에서 "스스로를 좋아하고 사랑할 줄 알 때, 그리고 혼자 있어도 행복할 수 있을 때 비로소 우리는 다른 사람과 진정한 사랑을 나눌 수 있다. 그리고 이런 사랑은 자신과 상대방을 성장하도록 돕는다"고 썼다. 사람마다 생각하는 사랑의 의미와 사랑의 표현 방식이 다르지만, 이 모든 사랑 앞에 가장 우선이 되는 사랑은 바로, 나를 사랑하는 것임을 잊지 말자며 입을 모았다.

엄마가 보내는 편지

음, 솔직히 고백하면 엄만 짝사랑의 여왕이었어. 같은 반 친구, 선생님, 작가 등 참 많은 사람을 좋아했지. 설레고, 끙끙대고, 한없이 좋아했다가 실망하기도 하고 말이야. 혼자서 북 치고 장구 치고, 떡 줄 사람은 없는데 김칫국만 실컷 마시며, 늘 짝사랑을 해온 덕에 다양한 감정을 느낄 수 있었어. 그 덕에 감수성이 풍부해졌지!

초등학교 5학년 때 엄마는 여자 친구 A를 좋아했어. 수린이 말대로 좋은 친구와의 우정으로서의 사랑을 한 거였지. A는 우리 반 반장이었는데 매사 진중하고 차분했어. 친구에겐 내게 없는 좋은 점들이 많았고 그래서 그 친구처럼 되고 싶었어. 동경하는 감정이 컸던 거 같아.

엄마는 매일같이 A에게 편지를 썼어. 좋아하는 친구에게 편지를 쓴다는 건 있지. 동네 문방구에서 예쁜 편지지를 고르는 거에서부터 편지글을 쓰고 친구에게 건네주기까지 꽤 많은 정성을 쏟아야 하는 거였어. 마음을 표현할 마땅한 글이 떠오르지 않을 땐 시의 힘을 빌리기도 했어. 내 마음을 거울로 비춘 듯 표현한 시를 찾았을 때의 흥분이란! A도 매일같이 답장을 써주었는데, 글쎄 거기엔 A가 좋아하는 또 다른 친구 B의 이야기가 가득했어. B가 A의 마음을 몰라줘서 고민이라고 말이야. 엄만 질투심에 부르르 떨었지만, 친구를 좋아하는 마음이 어떤지 잘 알았기에 멋진 척 쿨한 척 위로와 격려의 글을 써서 답장을 보내곤 했단다. 꼬박 일 년 동안 편지를 주고받고서 우린 마침내 '절친'이 됐어.

초등학교 6학년이 되니까 성호르몬의 영향 때문인지 자연스레 남자 친구에게 관심이 생기더라. 생각만 해도 두근두근 기분이 좋아지는 이성이 처음으로 나타난 거야. 우리 반 여학생들 절반이 좋아할 정도로 인기가 많은 친구였어. 알고 봤더니 엄마와 친했던 친구들이 모두 그 아이를 좋아하고 있더라. 한 남자 친구를 두고 여러 여자 친구들이 서로 경쟁하고 속 끓이는 게 싫어서 엄만 아닌 척하며 마음속에 비밀로 묻어두었어. 황순원의 〈소나기〉와 알퐁스 도데의 〈별〉을 읽으면서 소설 속 주인공이 되는 상상만 하면서 말이야.

그러다 계절이 두어 번 바뀌고 졸업이 다가왔어. 중학교에 가면 그 친구를 보지 못할 텐데 조바심이 났어. 어떻게든 내 마음을 알리고 싶었지. 그래서 용기 내어 편지를 썼어. 큰 편지지 세 장에 이르는 장문의 편지를 말이야. 엄마가 쓴 최초의 연애편지였지. 중학생이었던 이모의 지도 편달까지 받아 가며 혼신을 다해 진심을 담아 썼어. 과연 어떻게 됐을까?

엄마의 열렬한 애정 표현이 부담스러웠는지 우린 너무나 어색해져서 마주치지 않게 피해 다니는 사이가 되고 말았어. 그때 깨달았어. 남자 친구에게 마음을 전할 땐 방식이 달라야 한다는 걸.

이번엔 신달자 시인의 이야기. 중학교 3학년 소녀는 같은 동네의 남학생 하나를 마음에 두고, 그 남학생에게 보낼 편지를 쓰고 또 썼대. 수백 통이 넘게 쓴 편지는 끝내 단 한 통도 건네지 못했지만 말이야. 신달자 시인은 못 부친 편지에 대한 안타까움이 시를 쓰게 했다고 고백했어. 그때 만약 남학생과 서로 좋아하는 사이가 되었다면 자신이 가진 감정을 사랑하는 데 다 써버려서 소녀는 시인이 되지 못했을지도 몰라. 그러기에 사랑이란 이루어지건 이루어지지 않건 그 자체로 아름다운 것 아닐까.

중학생이 되어 시를 좋아하게 된 엄만 늘 시집을 끼고 다녔고 결코 시라고 이름 붙일 수 없는 자작시를 쓰기도 했어. 시에 대한 동경은 시인이 되고 싶다는 열망으로 발전했고, 곧 한 편의 시 같은 삶을 살고 싶어졌어. 하지만 좋은 시를 쓴다는 건 하늘의 별을 따는 것만큼이나 요원한 일이더라.

좋아하는 시인을 찾아가서 시 작법을 배우고 싶은 맘이 간절했지만, 내가 가진 보잘것없는 필력이 부끄러워 끝내 행동으로 옮기진 못했지.

사춘기 문학소녀 시절을 보낸 한 사람으로서, 엄만 얼마 전에 SNS를 뜨겁게 달구었던 문단 내 성폭력 사건, 즉 작가가 자신의 팬이나 작가 지망생 등을 상대로 저지른 금품 갈취·성폭력 사건을 보고서 너무 화가 났어. 피해자 중에 미성년자도 여럿 있는데, 그 아이들이 받았을 상처를 생각하니 치가 떨리더라. 갈망의 대상이 건강하지 못할 때, 갈망의 대상은 '갑'이 되어 갈망하는 자인 '을'을 착취하는 구도가 될 수 있어. 이건 분명 처벌받아 마땅한 범죄행위이지, 사랑의 표현 방식이 아니야.

흠, 엄마가 너무 흥분했구나. 얘들아, 그런데 이것 하나는 기억하자. 지금 외롭다고 느낀다면 '아, 나에 대한 사랑이 조금 부족하구나' 생각하렴. 진짜야. 뻔한 말이지만 자신을 제대로 사랑할 수 있어야 타인과 주고받는 건강한 사랑도 잘할 수 있더라. 누군가를 사랑하는 일이 곧 나를 사랑하는 일이 되어야 해. 수민이와 수린이가 어떤 사랑을 하게 될까? 엄마는 기대하며 응원할게.

다시 쓰는 일기

우리는 만났다. 밥 해주는 남자와 밥 먹는 여자로.

2000년의 봄은 그렇게 다가왔다. 낯선 곳에서 나는 새로 시작하고 싶었다. 그는 막 군대를 제대해 대학 일 년을 남겨놓은 휴학생이었고, 나는 첫 직장에서 실패를 경험한 사회 초년생이었다. 우린 둘 다 무엇을 새로 시작해야 하는 때였다.

"잠깐 얘기 좀 나눌 수 있을까요?"

미국 한 주립대학의 도서관에서 공부하고 있던 내게 그는 말을 걸어왔다. 자신을 소개하기를, 자기는 중학생 때부터 영어에 손을 놓아버린 '영포자'이며, 영어를 잘하고 싶어서 멀리 미국까지 왔지만, 영어를 잘하는 방법을 도저히 모르겠다는 거였다. 미국 학생들에게 열심히 말을 걸어 봤는데 그들은 자신의 영어를 한마디도 알아듣지 못하는 것 같다고도 했다. 자신의 영어에 무슨 문제가 있는지 좀 도와달라고 사정했다. '영포자'가 미국에서 지내기 얼마나 힘들었을까 공감했지만, 난 남의 영어를 봐줄 만큼 시간도 마음의 여유도 없었다. 사정은 알겠지만 힘들겠다고 딱 잘라 말했다.

그가 갑자기 영어로 자신의 이야기를 하기 시작했다. 오 마이 갓! 이 사람, 한국어 어순으로 영어를 하고 있었다. 게다가 영어에 묵음이 있는지도 모르는 듯했다. 모든 철자를 죄다 발음하고 있잖아. 이러니 한국인이 아니라면 그의 영어를 못 알아듣는 건 당연한 일. 한마디로 알파벳만 겨우 아는 수준이었던 거다. 안타까운 마음에 나도 모르는 사이 그에게 하나하나 설명해주고 있었다. 간단한 어순과 묵음 몇 개만 알려주었는데도 방금 전보다 훨씬 나아진 듯했다.

이 사람 내가 한번 가르쳐볼까? 대학 시절 영어 과외로 생계를 꾸려갔던 내가 아닌가. 언어의 반은 뻔뻔함이다. 나는 그의 뻔뻔스러움에 기대를 걸었다. 이 남자, 기본만 안다면 영어를 아주 잘할 지도 몰라.

"수업료로 제가 밥을 차려드리는 건 어떨까요?"

밥? 밥을 못 먹은 지 얼마나 되었지? 타국에서 들은 이 단어가 너무도 반가워 심봉사가 청이를 만났을 때처럼 눈이 번쩍 뜨였다. 미국 대학의 기숙사에서 가장 그리운 건 단연 밥이다. 하지만 이곳에서 한국식 밥을 차리는 일은 또 얼마나 수고로운가. 밥을 해먹기 위해서는 먼저 차가 있는 친구에게 부탁해야 하고, 친구와 내 스케줄을 맞춰서 한국 마켓에서 장을 봐와야 한다. 양념과 고추장 냄새를 꺼리는 미국인 룸메이트가 없을 때 최대한 한국 음식 특유의 냄새가 나지 않도록 만들어 먹어야 한다. 행여 냄새가 밴다면 몇 날 며칠 룸메이트 눈치를 봐야 할 것이다. 장보기부터 뒤처리까지 이 번거로운 과정을 거칠 수가 없어서 나는 늘 학교 식당에서 햄버거나 샌드위치를 사 먹었다. 하루하루 끼니를 때우는 생활을 해왔던 거다. 그런데 밥을 차려준단 말이지. 오케이! 무조건 오케이였다. 우리의 만남은 그렇게 시작되었다.

그는 밥을 먹여주겠다는 약속을 아주 잘 지켰다. 주로 이민자 노인들이 많았던 그 지역의 한인 교회나 성당은 젊은 청년의 노동력이 필요했다. 그는 주말에 봉사활동을 하고 고마움의 표시로 한식 반찬을 받아 왔다. 그렇게 받은 반찬은 혼자 먹기에는 조금 많았고, 같은 기숙사에 있던 나와 나눠 먹기에 딱 적당한 양이었다. 그는 작은 전기밥솥을 구해서 매일 밥을 해서 냉장고에 넣어두었던 반찬들과 함께 한 상 차려냈다. 김치며, 삼색나물, 불고기, 낙지볶음, 전 등 30년 넘게 타국에서 살아오셨지만 한인 할머니들의 손맛은 우리 전통의 맛 그대로였다. 그는 매일 점심을 푸짐하게 차려주었고, 헤어질 땐 저녁 먹을거리도 알뜰살뜰 챙겨주었다.

그가 봉사활동을 하는 시간에 나는 그의 영어 실력을 향상시키기 위한 커리큘럼을 만들었다. 중·고등학교 과정을 메울만한 초특급 울트라 기초부터 토플 시험 대비와 현지 수업을 따라갈 수 있는 수준까지 광범위한 내용들을 정리했다. 석 달 동안 나의 특별 수업을 받은 그는 자신이 원했던 토플 성적을 받았고, 마침내 그 주립 대학의 입학 허가서를 받았다. 대학 부설 랭귀지스쿨의 초급반에서 시작한 사람이 맞나 싶을 정도의 성과였다. 그는 사회학 수업을 들으며 '노동가치설에 기반을 둔 현대 자본주의의 문제점'이라는 에세이를 제출하고, '미국 제국주의 비판'에 대한 시험을 치르면서 두각을 나타내, 그 대학 사회학과 교수로부터 같이 연구해보자는 제의를 받기도 했다. 그런 그의 의지와 노력을 보며 내 마음도 조금씩 움직였다.

실은 '영포자'였던 그가 나를 처음 봤을 때, 나는 건강을 포기한 사람, '건포자'로 보였단다. 그도 그럴 것이 내가 먹는 것이라곤 인스턴트 음식뿐이었고, 토막잠을 자면서 강도 높은 아르바이트를 하며 수업을 듣고 공부했기 때문이리라. 타고난 체력이 부실한 나는 애초에 건강을 위해 무언가 노력한다는 것에 관심이 없었다. 건강을 위해 애써 본들 밑 빠진 독에 물 붓기일 것이라 단정했던 거다. 마지막 순간까지 자신을 불태우는 초처럼 열정을 다해 살다가 마지막 순간에 촛불이 꺼지듯 장렬히 전사하고 싶었다. 그런 삶을 살기 위해서는 굳이 삼시 세끼를 꼬박꼬박 챙겨 먹을 필요도 없었고, 매일 정해진 시간에 잠을 잘 필요도 없었다. 사실 그때 나는 감각적으로 매우 둔한 사람이었기에 배가 고픈지 잠이 오는지도 모르고 살았다. 하지만 매일 그가 차려주는 밥을 먹으며 나는 서서히 파블로프의 개가 되어갔다. 끼니때가 되면 배가 고팠고 잠잘 시간이 되면 졸음이 몰려왔다. 그러면서 체력이 눈에 띄게 좋아졌다. 그와 결혼해서 건강한 아이 둘을 낳을 정도로!

지금도 우리는 밥 해주는 남자와 밥 먹는 여자로 건강하게 살아가고 있다.

Day 2

친구가 너무 좋아,
엄마보다 더!

친구를 기다리는 시간도 좋아

작은아이가 몇 시간째 들어오지 않는다. 아침에 분명 친구와 약속이 있다고 했는데, 친구와 집으로 와도 좋고 친구 집에 가게 되면 꼭 전화를 하라고 일러두었는데, 집에 오지도 않고 전화도 한 통 없다. 정확히 네 시간이 지나자, 애가 탄 나는 하던 일을 멈추고 아이를 찾아 아파트 놀이터로 나갔다. 함께 놀기로 약속한 친구는 보이지 않았고 아이는 혼자 있었다.

"수린아, 친구는?"

"아직 안 왔어."

"여태 기다렸어?"

"응."

이 아이를 어쩌면 좋을까? 네 시간째 친구를 기다리는 아이 표정이 어쩜 이리도 해맑을 수가! 잠깐 자리를 비운 사이에 친구가 왔다 갈지 몰라서 화장실 한 번 가지 않고, 간식도 먹지 않고, 약속한 그 자리에서 네 시간을 혼자서 놀았다는 거다. 이번이 벌써 세 번째, 난 너무 속상했다. 가슴에서부터 뜨거운 것이 치밀어 올라왔다. 화났을 때 튀어나오는 수많은 말들이 내 입안을 가득 채웠다. 하지만 아무 일도 아니라는 듯 해맑게 웃고 있는 아이에게 차마 한마디도 할 수가 없었다. 이 아이가 잘못한 건 아니니까.

"수린아, 집에 가자."

"친구 올 때까지 기다릴래."

"그 친구 안 올 거야."

"올 거야."

"그 친구가 약속을 어긴 게 벌써 세 번째잖아."

"그래도 올 거야."

"수린아, 그 친구가 그렇게 좋아?"

"응."

"매번 약속을 어기는데도?"

"응."

"오래 기다렸는데 힘들지 않았어?"

"안 힘들었어. 친구를 기다리는 시간도 좋았어."

엄마가 보내는 편지

친구가 너무 좋아서 친구가 나타날 때까지 기다리는 수린아. 지난주 토요일, 수린이가 사라져서 엄마는 많이 걱정했어. 아파트 놀이터를 다 뒤져봐도, 친구네 집 초인종을 눌러봐도 너는 없었어. 네 친구 엄마들에게 전화를 돌리다가 수린이가 어느 한 친구를 따라 삼십 분은 족히 걸어야 하는 교회에 가 있다는 걸 알게 됐어. 교회 식당에서 점심을 먹고선 함께 갔던 친구는 어디론가 사라졌고, 홀로 남은 수린이는 동네 도서관까지 걸어가서 혼자서 책을 읽고 있었지. 집을 나간 지 다섯 시간이 지나서야 겨우 찾은 넌 매우 지쳐 있었어. 다리가 아파 제대로 걷지도 못했고, 집에 오자마자 드러누워 저녁이 다 될 때까지 깨지도 않고 쿨쿨 잤어. 그러고는 일어나 엄마에게 말했지.

"엄마, 오늘 모험 정말 재미있었어. 난 또 모험을 떠날 거야."

그래, 엄마도 인정해. 수린이의 무엇도 두려워하지 않는 용기와, 낯선 곳에서 끼니를 얻어먹을 수 있는 넉살과, 친구와의 두터운 우정을. 하지만 엄만 너를 걱정하지 않을 수 없다. 이 세상은 네가 마음 놓고 다닐 만큼 충분히 안전한 곳이 아니라서 말이야.

친구와 돌아다니는 것이 좋은 넌 매일 친구와 약속을 만들었어. "3시에 만나자", "4시에 만나자", "5시에 만나자" 초등학교 1학년생에겐 시간 약속을 지키는 것이 무리였을까? 그 친구는 매번 약속을 지키지 않았고, 넌 몇 시간씩 친구를 기다리다가 터벅터벅 집에 돌아오곤 했지. 약속을 지키지 않는 친구에 대해 눈곱만큼의 원망도 없이, 좋아하는 친구를 기다리는 그 시간마저 좋았다고 미소 짓는 널 보며 엄마는 참 많은 생각을 했다. 엄마라면 어땠을까? 내 친구가 매번 약속을 어긴다면? 엄만 분명 친구에게 화를 냈을 거야. 친구를 기다리는 시간은 또 얼마나 지루할까? 엄만 무척 짜증이 났을 거야.

지난번에 해가 지도록 네가 오지 않아서 언니가 찾으러 나갔고, 넌 결국 언니 손에 이끌려 돌아왔지. 엄마를 보자마자 울음보를 터트렸던 그날 기억하니? 놀이터에서 함께 놀던 친구가 화장실에 간다며 집에 갔다 오겠다고 했는데, 돌아온다고 약속해놓고 오지 않았고 수린이만 놀이터에 남아 캄캄해질 때까지 그 친구를 기다렸잖아. 집에 들어오자마자 엉엉

소리 내 울던 네가 말했어.

"엄마가 진짜 보고 싶었는데 친구 기다리는 동안엔 몰랐어. 그런데 엄마를 보니까 내가 엄마를 얼마나 보고 싶어 했는지 알겠어. 그래서 눈물이 나. 계속 나."

그리고 또 말했지.

"엄마, 친구가 왜 약속을 안 지켰는지 알 것 같아. 화장실만 갔다가 다시 나오려고 했는데, 친구도 엄마를 보고 엄마가 너무 좋아서 그 약속을 잊어버린 거야."

아! 친구를 이해하는 너의 넓은 마음을 엄마는 칭찬만 해줄 수는 없구나. 만약에 누군가가 "수린아, 친구가 화장실에서 기다리고 있는데 같이 가볼까?"라고 말을 걸어온다면 어떻게 해야 할까? 그 사람을 따라가야 할까? 그 사람이 엄마 친구거나 친구 엄마라면? 신문이나 뉴스에서 들려주는 소식들은 참으로 무시무시하단다. 자기 보호 능력이 부족한 어린아이를 대상으로 한 범죄가 너무 자주 일어나. 실제로 가해자가 아는 사람일 경우가 많대. 가해자 10명 중에 7명은 피해자의 이웃과 친척 등 가까운 지인이라고 하거든. 그러니 각박하다 해도 의심해보는 건 나를 지키는 최소한의 방어야. 가깝고 친한 사람이라도 무조건 믿으면 안 되고, 절대 따라가서도 안 돼. 옛이야기 〈떡 하나 주면 안 잡아먹지〉에 나오는 엄마 탈을 쓴 호랑이와 샤를 페로의 〈빨간 모자〉 속 소녀를 먹어치운 늑대처럼, 친절한 가면을 쓴 어른들이 실제로 있고 위험할 수도 있다는 걸 알아야 해.

자, 엄마랑 반드시 약속하자. 친구와 낯선 곳에 가기 전에, 어디에 가서 언제 돌아올 건지 엄마에게 미리 알려줄 것! 친구가 약속을 지키지 않을 땐, 친구가 약속을 잊어버렸을 수도 있으니 딱 10분만 기다려보고 친구가 안 오면 집으로 돌아올 것! 무슨 일이 있어도 날이 어두워지기 전엔 집으로 돌아올 것! 아는 사람이든 모르는 사람이든 그 누구라도 절대 따라가지 말 것! 안전한 세상을 만들기 위해 엄마 아빠도 노력할 거야. 그러니 수린이도 엄마와의 이 약속들을 꼭 지켜주길 바라.

아름다움을 사랑하는 수린이

♥유수린, 〈친구와 함께〉

"친구와, 모험과, 꽃을 사랑하는 수린아!
험한 세상이 늘 두려워서 엄마 방식으로
너에게 하지 마라 한 게 참 많았구나.
이제부터는 너를 존중하며 지켜줄게.
하지만 수린이도 엄마와 한 약속 꼭 지켜주렴.
친구가, 모험이 아무리 좋아도
너 자신이 먼저란다."

어릴 적 내가 살던 동네에, 육체는 고등학생이나 정신은 여섯 살 쯤 된 청년이 살았다. 동네 사람들이 모두 '바보'라 부르는 그에게 나는 전혀 반감이 없었다. 이유인즉슨, 초등학생이긴 했지만 내 키는 또래 아이들보다 머리 하나 만큼은 더 컸기에, 육체의 성장이 정신의 성장보다 앞선다는 점에서 그와 나 사이 공통점이 있었기 때문이다. 육체와 정신이 따로 자랄 수도 있는 것 아닌가? 나는 그것이 하등 문제될 것도 없는 일이라 생각했다.

문제는 그가 한창 남녀의 차이를 궁금해한다는 유아기를 보내고 있어서, 자신과 다른 여성의 몸이 궁금했던 것 같다. 다른 이들과 달리 그에게 호의를 보여서였나. 내가 딴 곳에 정신을 판 사이에 그가 내 치마를 들치고 속살을 만지는 사건이 발생했다.

"아이스케키!"

내가 초등학교 1학년 때의 일이었다. 그 일이 있고 나서 동네 남자아이들의 치마를 들치는 장난에도 깜짝깜짝 놀랐다. 그날의 불쾌감이 떠올랐던 거다. 그래서 언젠가부터는 아예 치마를 입지 않았다. 남자아이처럼 짧은 머리를 하고서 우중충한 색깔의 바지만 입고 다녔다. 남자인지 여자인지 구분이 안 가도록 차려입고 다녀야 마음이 편했다. '누구도 내 허락 없이 내 속살에 손대는 일은 두 번 다시 없을 거야.'

삼십 년도 더 지난 그 일이 큰아이가 초등학교 1학년이 되자, 다시 나를 찾아왔다. 그때 얼마나 마음 졸이며 힘들어했나? 이제 좀 괜찮아지나 했는데, 작은아이가 초등학교에 들어가자 이번에도 어김없이 또 찾아왔다.

'내가 겪은 일을 내 아이들은 겪지 않기를!'

큰아이가 초등학교 1학년이었을 때, 귀가 시간이 조금만 늦어져도 나는 안절부절못했다. 먼저 단지 내에 초등학교가 있는 아파트를 구해 이사부터 했다. 아이 혼자 다니는 것이 못내 마음이 놓이지 않아 각종 알리미 서비스를 신청했고, 호신용 호루라기를 아이에게 장착했으며, 모든 사교육과 결별했으면서도 태권도 하나만큼은 꼬박꼬박 챙겨 보냈다. 그것도 모자라 길렀던 아이의 머리카락을 싹둑 잘라줬고, 보기만 해도 한 방의 강펀치가 느껴지는 운동복 스타일의 옷만 입혔다. 큰아이는 이제 태권도 3품을 획득한 무술인이 되었다. 이 모든 것이 보이시한 것을 좋아하는 큰아이의 취향과 맞아떨어졌기에 가능했지만, 어쨌든 큰아이는 내 뜻대로 바뀌었고 난 비로소 마음이 놓였다.

하지만 이번엔 달랐다. 아름다운 것에 마음이 끌리며 모험을 좋아하는 작은아이는, 마음 가는 대로 쏘다녔다. 행동반경도 굉장히 넓어 사라진 아이를 찾으려면 반나절은 족히 헤매야 했다. 태권도라면 질색을 하며 배우기를 거부한 반면, 그림 그리기를 좋아했고, 피아노를 배우고 싶어 했으며, 언제 어디서건 음악이 나오면 노래하고 춤추기를 좋아했다. 사람에 대한 경계가 없어 누구와도 금방 친해졌고 조금만 관심을 끌면 홀딱 쫓아갔다. 심지어 엄마보다 친구가 더 좋다고도 했다. 너의 안전을 위한 것이라고 아무리 권해도 아름다운 것이 아니면 눈길 한번 주지 않았다. 자유로운 영혼의 소유자 작은아이는 내 뜻대로 바뀌지 않았고, 난 다시 불안해졌다.

'나는 왜 아이를 바꾸려 하나?'

초조한 일상 속에 질문 하나가 내 머릿속을 스쳤다. 내가 초등학교 때 겪은 그 사건 때문에 그동안 스스로 얼마나 들들 볶았나? 나다운 것들을 나답지 않은 것들로 교체하며 난 무엇이 되었나? 내 자유 영혼은 어디로 갔고 내 육체는 무엇에 갇혀있지? 거울 속 낯설어 보이는 무채색의 나를 본다. 세상이 무서워 갑옷을 두르고 철통 방어를 하며, 육신이 마치 회색빛 콘크리트 건물인 양 내 개성은 흔적조차 남겨두지 않은 채 무성無性의 존재로 살아온 나를.

바뀌어야 할 사람은 바로 나다! 내 안에서 아직도 괴로워하고 있는 여덟 살 나를 먼저 달래주어야 한다. 이제 네 본성을 되찾으라고 속삭이자. 그러고 나서 큰아이는 큰아이대로, 작은아이는 작은아이대로, 자기다운 모습일 때 가장 빛남을 인정하고 받아들이자. 내 아이들이 타고난 본성대로 살아갈 수 있도록 엄마인 내가 지지하고 격려해야 한다.

그동안 내가 겪었던 크고 작은 불미스러운 일들에 쉬쉬하며 아닌 척 모른 척했던 나 또한 공범이었음을 깨달았다. 아이를 바꿀 것이 아니라, 이 아이들이 마음 놓고 살아갈 수 있도록 세상이 바뀌어야 함을 말이다. 우리 아이들이 안전하게 살아갈 수 있는 사회를 만들기 위해 내 목소리를 내고 행동할 것이다. 작은 것부터 용기 낼 것이다.

Day 3

이성 친구 사귀기는 너무 어려워

수린이의 고민

"은수도 좋고 강연이도 좋아."

수린이와 은수는 자타공인 공식 커플. 강연이는 수린이 네 살적 첫사랑이고, 은수와 강연이는 절친한 친구다. 처음 초등학교에 들어가서 수린이는 강연이와 같은 반이 되었다. 학교에선 강연이와 놀고 학교 수업을 마치면 은수와 놀았다. 그러다 아파트 놀이터에서 셋이 함께 놀게 되었다. 한동안 셋이서 잘 어울려 노나 했더니, 수린이 마음이 흔들리기 시작한 모양이다. 삼각관계의 시작인가?

"남친도 두 명, 남편도 두 명이면 좋겠어."

똑똑하고 사려 깊은 젠틀맨 은수와 재미있고 유쾌한 터프가이 강연. 둘 중에서 한 명을 고르긴 너무나 어려운 일! 수린이가 고민하는 건 당연했다.

"엄마, 나 고백해야겠어."

은수도 좋고 강연이도 좋은데, 강연이는 수린이가 은수만 좋아하는 줄 알고 있다고 강연이에게도 자기 마음을 알리고 싶다는 거였다. 아! 이 일을 어쩌나? 수린이가 강연이에게 고백하면 그럼 은

수는 괜찮을까? 절친 은수와 강연이 사이에 문제가 생기는 건 아닐까? 내 머릿속이 복잡해졌다.

"수린아, 꼭 고백해야 해?"

어릴 적 넘치는 감수성을 주체할 수 없어 내가 먼저 고백했던 일들이 떠올랐다. 먼저 고백해서 좋은 관계로 발전한 적이 단 한 번이라도 있었나? 고백하고 나면 어색해져서 오히려 사이가 더 멀어졌는데. 그래, 고백은 안 하니만 못하다. 특히 이성 간엔 더더욱! 아이를 말리고 싶었다. 고백하지 말고 셋이서 잘 지내면 안 되겠니?

"강연이가 내 마음을 몰라서 답답해."

"은수 마음은 생각해봤어?"

"그래서 고민이야. 나 어떡하지?"

멀찌막이 모른 척 앉아있던 남편이 소 같은 눈을 끔뻑이며 끼어들었다.

"수린아, 오래 고민해보고 네 마음이 시키는 대로 해. 그러면 후회 없을 거야."

엄마가 보내는 편지

수린아, 네가 물었지. 엄마와 아빠는 어떻게 둘이서만(?) 결혼하기로 마음을 정했는지 궁금하다고. 세상에 좋은 사람이 많고 많은데, 어떻게 서로 딱 한 명만 고를 수 있었냐고 말이야. 그래, 아빠를 만나기 전에 엄마는 많은 사람을 만났고, 아빠도 엄마를 만나기 전에 많은 사람을 만났어. 수린이처럼 한 번에 두 명을 좋아해보기도 하고 말이야. 하지만 "이 사람과 평생을 함께하고 싶어!"라고 확신이 든 사람은 딱 한 명, 네 아빠뿐이었어. 그렇게 마음을 정하기까지 엄마 아빠가 만나고 나서도 4년이나 걸렸다. 참 오랜 시간이지?

1. 아무리 몸이 피곤해도 씻고, 특히 온몸이 뻐근할 땐 스트레칭을 한다.
2. 늘 너와 함께하시는 하느님을 생각한다.
3. 그 하느님과 더불어 형선이도 정은이와 함께한다.
4. 끼니때가 되면 먹기 싫더라도 하느님과 형선이를 위해 챙겨 먹는다. 천천히 꼭꼭.

5. 부모님께 자주 전화 드린다.

6. 용기, 성실, 여유, 낙천, 긍정, 환희, 미소, 기쁨, 사랑, 평화…
그런 좋은 말들을 늘 간직한다.

7. 어깨를 펴고, 턱을 들고, 당차게 산다.

내 사랑 정은,

힘들고 어렵고 외롭더라도 네 곁에는 내가 함께 있다. 밥과 잠 꼭꼭 챙기고….

내가 보고 싶을 때 어떻게 해야 하는지 알지?

나도 늘 그렇게 할게.

처음과 같이 이제와 항상 영원히 아멘.

어때? 엄마와 아빠가 헤어질 때 아빠가 엄마에게 준 편지야. 엄마와 아빠는 미국에서 만났고 1년 정도 사귀었어. 엄마는 미국에 남아서 공부를 더 해야 했는데 아빠는 한국으로 돌아가 학교를 마저 다녀야 했거든. 서로 다른 사정 때문에 헤어질 수밖에 없었어. 우리는 언제 다시 만날지 알 수 없어서 일단은 각자의 길을 가기로 했어. 서로 자유롭게 다른 사람을 만나 보고 그래도 마음이 변하지 않으면 다시 만나자고 약속했지.

아빠가 떠나고 나서 혼자 남은 엄마는 말야. 아빠가 막 보고 싶거나 슬프거나 눈물이 나진 않았는데, 참 이상하게도 숨이 잘 안 쉬어지는 거야. 마치 엄마 주위에 공기가 사라진 것 같았어. 목을 죄듯 답답했지. 몇 날 며칠을 한숨도 못 잤어. 그러고 나니 알겠더라. 아빠가 엄마에게 참 소중한 존재였단 사실을. 곁에 있을 땐 미처 몰랐지만, 엄마에게 아빠는 없으면 곧 내가 죽고 마는 공기 같은 존재였단 걸 말이야.

아빠가 떠나고 찾아온 첫 점심시간, 학교 식당에서 서빙을 하는데 그날따라 일이 평소보다 무척 힘들게 느껴졌어. 네 아빠가 힘이 드는 일은 엄마 몫까지 2인분을 척척 해냈기 때문에 엄마가 그동안 편하게 일할 수 있었던 거였어. 수업을 마치고 학교 건물 청소를 마치면 밤 10시, 옆 건물을 청소했던 네 아빠가 있어서 늦은 밤 공동묘지 옆 낡은 아파트로 돌아가는 길이 무섭지 않았던 걸 그날 밤에야 알았어. 객지 생활이 힘들어서 엄만 한 달에 한 번은 몸살을 앓았는데, 그때마다 영혼을 위한 닭고기 수프를 끓여다 줬던 사람도 네 아빠였단 걸, 아빠가 떠난 후 다시 몸살이 나고서야 알게 됐어.

몇 번 새 남자 친구가 생길 뻔도 했어. 그런데 엄마가 외롭다고 혹은 상대방이 매력적이어도 아빠를 향한 엄마 마음이 바뀌지 않더라. 좋아하는 마음이 없는데, 외로워서 그 사람을 만나는 건 서로에게 좋지 않은 일이잖아. 엄만 '무소의 뿔처럼 혼자서 가자'고 다짐했어. 다른 사람을 만나며 내 외로움을 달래는 데 시간을 보낼 게 아니라, 그 시간에 내 내면을 좀 더 가꿔보자고 말이야.

헤어질 때 아빠가 준 편지를 다시 꺼냈어. 머리맡에 붙여 놓고 매일매일 들여다봤지. 1번부터 7번까지 할 수 있는 건 하면서 말이야. 밥이랑 잠을 꼭꼭 챙기니까 몸이 덜 피곤하고 공부도 더 잘되었어. 어깨를 펴고 턱을 들고 당차게 지내다 보니까 외롭고 힘들긴 했지만 견딜 수 있었어.

2년 6개월이 더 지나 엄마는 공부를 마치고 한국으로 돌아와 아빠를 다시 만났어. 그때부터 지금까지 늘 그렇게 있는 듯 없는 듯, 하지만 없으면 절대 안 되는 공기 같은 존재로 서로 함께 있단다.

이성 간의 문제는 이렇게 해볼까 저렇게 해볼까 하며 머리를 쓴다고 정답을 얻을 수 있는 건 아니더라. 상대방을 향한 내 마음이 언제든 달라질 수 있고, 나를 향한 상대방 마음 또한 언제든 달라질 수 있으니까. 아빠 말대로 시간을 들여 자기 마음을 잘 들여다보고 수린이 마음이 시키는 대로 하는 게 어떨까? 너의 내면을 잘 가꾸면서 말이야.

엄마 아빠의 연애편지

♥엄마와 아빠가
주고받은 편지들

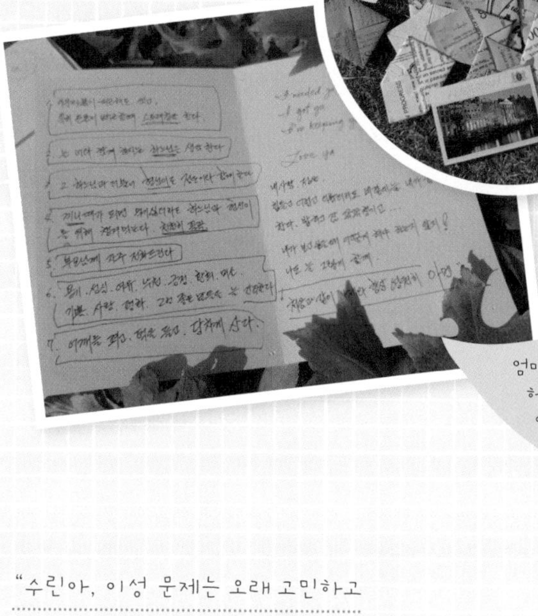

엄마와 아빠가
헤어질 때 아빠가
엄마에게 보낸 편지

"수린아, 이성 문제는 오래 고민하고
네 마음을 잘 들여다봐. 그러면 후회 없을 거야."

대학교 1학년 시절은 혼돈 그 자체였다. 갑자기 누리게 된 무한 자유가 버겁기만 했다. 여자 중·고등학교를 다니면서 여자 친구들과 관계 맺는 법은 자연스레 터득했지만, 남자 형제가 없고 주변에 또래 남자도 없었기에 이성과 관계를 맺는 건 나와 상관없는 먼 나라 이야기였던 것이다. 남학생이 대부분인 경영학과에서 희귀한 비율을 차지하는 여학생 중 한 명으로 특별 대우를 받긴 했지만, 큰 덩치에 숏컷, 한마디로 남자들이 선호하는 스타일이 결코 아닌 난 우정으로든 사랑으로든 그들과 가까워질 수 없는 어정쩡한 거리에 있었다.

그 거리를 좁혀준 것은 바로 술이다. 술자리에서만큼은 나를 찾는 이가 많았다. 아버지로부터 물려받은 우월한 주량 때문일 터, 스무 살의 나는 들이붓듯 전투적으로 술을 마셨다. 취하거나 실수하는 법이 없었으니, 디오니소스가 재림한 듯 술을 주거니 받거니 하며 분위기를 한껏 띄울 수 있었다. 술은 내 젊음과 사랑에, 또 캠퍼스의 낭만에 뜨거운 불을 지피는 불쏘시개가 되어주었다.

찬바람이 불고 낙엽이 떨어지던 날, 내게도 첫사랑이 찾아왔다.

학과 사무실로 핑크빛 손편지 한 통이 배달된 것. 세상에 수신인은 다름 아닌 나였다! 한차례 난리가 났고 난 두근거리는 마음을 안고 편지 봉투를 뜯었다. 당시 인기를 누렸던 홍콩 배우처럼 잘생긴 얼굴에 큰 키, 늘씬한 몸의 남학생 전신사진 한 장과 정성스럽게 눌러쓴 손글씨가 빼곡한 편지 두 장이 들어있었다. "당신을 만나고 싶습니다"로 시작하는 그 편지엔 그 남자의 신상이 낱낱이 소개되어 있었다. 그는 캠퍼스의 디오니소스인 나를 실제로 만나고 싶다 했다.

수많은 남학생 중 그 누구와도, 그 어떤 설렘이나 떨림 없이, 찬란하게 빛나는 스무 살이 지나가고 있었다. 속상하고 안타까웠던 그때, 그가 '짠' 하고 나타난 거다. 스무 살의 늦가을에 우리는 만났고, 나는 그만 감정의 카오스에 푹 빠지고 말았다. 그런데 오래 기다려온 사랑은 내가 기대했던 아름다운 감정이 아니었다. 나는 갖가지 부정적인 감정에 휘둘렸다. 그의 아름다운 외모가 나를 늘 불안하게 만들었고, 그가 보였던 관심이 진심이 아니라고 의심하며, 스스로를 고통 속으로 밀어넣었던 것이다.

아프로디테에게 사랑의 기술이라도 전수받아야 했던 걸까. 사랑한다는 것이 너무나 어려웠다. 고통에서 벗어나고 싶었던 나는 불안과 의심으로 가득했던 내 첫사랑에 마침표를 찍기로 결심했다. 내가 먼저 그에게 이별을 선언하고 나만의 동굴로 들어갔다.

그와 함께한 시간 동안, 부정적인 감정들로 얼룩진 내 가슴을 통째로 꺼내 비우고 싶었다. 나 혼자 너를 갖겠다는 이성 간의 사랑을 다시는 하고 싶지 않았다. 그를 잊는 데 내 대학 생활의 절반을 썼다.

대학교 4학년의 어느 봄날, 그에게서 연락이 왔다. 꼭 할 말이 있다고 했다. 나를 불안하게 했고 믿지 못하게 했던 원인이 모두 자신에게 있다고, 그 이유가 무엇이었는지 이제라도 밝히고 싶다고 했다. 우리는 다시 만났고 그는 고백했다. 나를 처음 만났을 때 대학생이 아니었다고, 그 사실을 밝히지 못해 속이고 또 숨기느라 진심으로 나를 대하지 못했다고 했다. 지난 2년 동안 그는 부단히 노력해서 나와 대등한 스펙을 쌓게 되었다고, 그러니 다시 만나자는 거였다. 그동안 여러 사람을 만나봤지만 나처럼 진실하고 순수한 사람을 만나지 못했다며.

그런데 그게 우리의 마지막 만남이었다. 사랑은 미루어 짐작하는 것이 아니다. 사랑은 기다림도 그리움도 아니다. 사랑을 느끼는 그 순간을 함께하는 것이다. 사랑은 완성된 것이 아니고 함께 만들어가는 것이다. 그가 내게 진실을 털어놓고 나와 함께 성장했다면 우리는 서로 사랑했을 것이다. 하지만 그와 나 사이에 불안과 의심이 자리 잡았었기에, 우리는 결코 사랑했다고 말할 수 없다.

오비디우스의 《변신 이야기》에 의심이 낳은 비극적인 사랑 이야기가 나온다. 케팔로스와 프로크리스의 이야기이다. 둘은 누구보다 서로를 사랑해서 결혼했고 행복한 신혼부부였다. 상대방을 존중하며 깊이 신뢰했다. 하지만 새벽의 여신인 에오스가 케팔로스에게 반해 그를 유혹한다. 아무리 유혹해도 프로크리스를 향한 케팔로스의 사랑이 변하지 않자, 에오스는 땅을 치며 후회할 것이라는 저주와 함께 부부 사이에 '의심'을 불어넣는다. 의심에 사로잡힌 케팔로스는 프로크리스의 정절을 시험했고, 프로크리스는 그 유혹에 넘어가고 만다. 상처받은 부부는 서로 더 이해하기로 결심하고 화해하지만, 사냥을 나간 케팔로스를 의심한 프로크리스는 남편이 던진 창에 맞아 죽는 비극적 운명을 맞이하고 만다.

내 첫 남자 친구는 자신이 대학생이 아닌 걸 알게 되면, 내가 그를 떠날 거라 의심했고, 나는 늘 무언가를 숨기고 있는 그를 의심했다. 의심이 반복되는 것이 너무 고통스러워 우리는 곧 이별했다. 그는 다시 나를 찾아왔지만, 한번 깨진 신뢰는 회복할 수 없었다. 우리가 다시 만났다면 행복했을까? 케팔로스와 프로크리스처럼 서로를 의심하는 비극적인 사랑 이야기가 되지 않았을까? 사랑한다는 건 신뢰를 바탕으로 함께 있는 것, 함께하는 것, 함께 가는 것이다. 나는 미숙했던 첫사랑으로부터 사랑에 대한 나름의 정의를 내릴 수 있었다.

Day 4

누구나 한 번은
우정에 실패해

그냥 엄마랑 놀래

5학년이 되어 부쩍 여성스러워진 여자아이들. 화장품에 관심이 생기고 친구 따라 슬슬 화장을 시작하기도 한다. 이 아이들은 텔레비전에서 막 튀어나온 것 같은 차림새를 하고서 셀카를 찍고 서로의 사진을 공유하는 걸 즐긴다. 화장하기 좋아하는 아이들끼리 몰려다니며 자기들만의 아름다운 세상을 만든다. "화장 안 하는 애들은 끼지 마!" 5학년이 되어 부쩍 남성스러워진 남자아이들. 학교 운동장에서 농구와 축구를 하거나, 놀이터 한구석에서 스마트폰이나 게임기를 갖고서 게임하느라 여념이 없다. PC방 출입을 시작하는 시기. "운동이나 게임 싫어하는 애들은 끼지 마!"

초등학교 5학년을 지나는 아이들은 남녀를 구분 짓고, 같은 것을 좋아하는 아이들끼리 '취향 공동체'를 만들어 우정을 돈독히 하는 것 같다. 화장에도 운동이나 게임에도 관심이 없는 큰아이는 친구 사귀기 어려운 시기를 맞았다. 어느 날 큰아이가 말했다.

"나 그냥 엄마랑 놀래."

앗! 엄마인 내가 딸의 친구가 된다면? 상상하는 것만으로 꺼림칙

했다. 엄마와 나눌 게 있고 친구와 나눌 게 따로 있는데, 다 큰 아이와 붙어 다니며 가장 친한 친구 자리에 내가 버티고 있는 건 아니다 싶었다. 그렇다고 가뜩이나 외로울 사춘기 초입의 아이를 내칠 수는 없지 않나. 나는 고민 끝에 입을 열었다.

"친구 같은 엄마가 돼줄게. 하지만 엄마가 친구가 될 수는 없어."

실망한 표정을 하고서 큰아이가 물었다.

"엄마, 패드립이 뭔지 알아?"

뜬금없이 웬 패드립? 패드립이란 초등학생이 쓰는 욕 중에서 가장 수위가 높은 욕으로 부모를 욕하는 거란다. 난 얼른 스마트폰을 꺼내 트렌드 지식사전을 검색했다. "패드립은 패륜과 애드리브의 합성어로 부모나 어른을 욕설과 성적 비하의 소재로 삼는 행위를 일컫는다. … 상대를 비방할 목적으로 상대의 부모를 지칭하며 욕설과 성적 비하를 하는 식이다." 초등학교 고학년 교실에서 아이들이 '×발' '×나' '깝쳐' '짜져' 등의 욕설을 아무렇지 않게 쓴다는 건 이미 알고 있었지만, 수틀리면 친구의 부모님 욕까지 한다니 난 놀라 입이 딱 벌어졌다.

약육강식의 정글이 되어버린 교실. 혼자서는 위험하기 때문에 스스로를 보호하려고 비슷한 아이들이 끼리끼리 몰려다니며 세력을 형성하는 게 아닐까? 강하고 세 보이기 위해 욕설을 넘어 가장 수위가 높다는 패드립을 하는 게 아닐까? 아이들이 이러는 데는 이유가 있지 않을까? 이 아이들이 부모 문제 · 친구 문제 · 학업 문제 등으로 극심한 스트레스에 시달리는 건 아닐까? 무슨 좋은 방법이 없을까? 머리가 무지하게 아파왔다.

"수민아, 친구 사귀기 힘들면 그냥 혼자 지내는 것도 괜찮아."

난 대체 무슨 소리를 한 건가? 설마, 관계 맺음은 피곤한 일이라고 노력할 필요 없다고 조언한 건가? 아! 어렵다.

엄마가 보내는 편지

친구 문제로 고민하는 수민이에게 엄마가 제대로 된 조언을 한 건지 모르겠다. 네 말을 듣고 엄마가 초등학생이었을 때 기억을 더듬어봤어. 그때 그렇게 마음고생을 했으면서 엄만 아팠던 기억들은 모조리 잊어버리고 좋았던 것만 기억하며 살았더구나.

생각해보니 엄마도 왕따를 당한 적이 있었어. 초등학교 3학년 때 시험에서 엄마가 올백(전체 과목 백점)을 받아서 같은 반에서 늘 올백을 받던 여자애와 공동 일등을 한 적이 있었거든. 늘 일등을 독차지했던 그 아이는 그게 못마땅했는지 엄마가 자기 시험지를 베꼈다고 모함했어. 그 애가 주동자가 되어 여자애들 몇 명이 엄마를 투명 인간 취급을 했지. 그땐 점심시간에 집에서 싸 온 도시락을 친한 친구들과 모여 함께 먹었었는데, 그날 이후로 정확히 엄마 성적이 떨어져 그 아이가 다시 혼자 올백을 받게 된 날까지, 엄마 혼자서 도시락을 먹어야 했어.

그러고 보니 엄마가 초등학생이었던 그 옛날에도 패드립

이란 게 있었더라. 엄마가 6학년 때 수학여행을 가던 날, 새벽 6시에 학교 운동장에서 단체 버스를 타기로 했거든. 그 새벽에 엄마가 빠뜨리고 간 게 있어 외할머니가 그걸 가져다주시느라 헐레벌떡 학교에 오셨어. 떡진 머리에 후줄근한 차림으로 말이야. 그런데 글쎄 같은 반 여자애 몇 명이서 수군수군대는 거야. "어머, 어떻게 저렇게 하고 학교에 오지?", "고생을 많이 하셨나 봐.", "그렇게 안 봤는데 재네 집 엄청 못사나 봐?"라면서. 머리칼이 쭈뼛하고 피가 거꾸로 솟는 것 같았지. 그 상처가 얼마나 컸던지 평생 치고 박는 몸싸움을 해본 적 없는 엄마지만, 그 순간만큼은 외할머니를 그렇게 말하는 아이들에게 달려들어 코피 터지도록 흠씬 두들겨 때려주고 싶었어.

그때나 지금이나 교실에는 상처가 있어. 일그러진 권력욕, 시기, 질투, 부러움 등. 내가 가진 가시로 친구를 찌르고 친구의 가시에 내가 찔리기도 하지. 친해지고 싶어서 가까이 다가갈수록 가시에 찔려 더 깊은 상처를 입기도 해. 교육부의 2016년 학교 폭력 실태 조사를 보니까 학교 폭력 피해자 절반이 초등학생이라고 하더라. 그다음으로 중학생, 고등학생순이라고 하는구나. 학년이 올라갈수록 나아진다고 하니 그나마 희망적이라고 해야 할까? 한 해 두 해 지날수록 자기가 가진 가시로 친구를 찌르지 않는 법을 점점 터득하게 되는 걸까? 어쨌든 가시에 찔리고 아파하면서 친구가 되고 우정이란 게 뭔지 알아가나 보다.

영화 〈우리들〉의 클라이맥스에서 티격태격하던 선과 지아는 서로 "너희 아빠는 알코올중독자야", "너희 부모님 이혼했다며"라는 패드립을 하며 치고 박고 싸우지. 그러나 결말에서 선이 당했던 왕따를 지아가 똑같이 당하니, 선이 "내가 봤는데, 얘 금 안 밟았어"라며 지아 편을 들어줬잖아. 자신에게 큰 상처를 준 친구 지아에게 먼저 다가간 선의 행동이 엄만 참 울컥하고 감동적이더라. 수민이는 어땠니?

매일 친구 연우에게 맞고 다니는 선의 동생 윤에게 선이 "너는 왜 맞받아치지 않아?"라며 꾸짖자 윤은 대답하지. "친구가 때리고, 나도 때리고, 친구가 때리고, 그럼 언제 놀아? 나, 그냥 놀고 싶은데" 아! 다섯 살 윤의 이 한마디가 엄마 가슴에 남았어. 나에게 상처 줬다고 관계를 끊은 옛 친구들이 떠올라 엄만 부끄러웠어.

몰려다니며 욕을 해대는 아이들, 그 사이를 비집고 들어가기가 쉬운 일은 아니겠지? 내 마음 아프고 상처받으면서까지 꼭 친구를 사귀어야 할까 싶기도 하고 말이야. 하지만 수민아, 사람은 누구나 마음속에 친구로만 채워지는 공간이 있대. 네 마음을 잘 들여다보면 네가 얼마나 친구를 사귀고 싶어 하는지 알 수 있을 거야. 다섯 살 윤이 말대로, 상처를 주고받고 또 주고받고 그럼 언제 놀아? 상처를 되받아치지 않고 내가 먼저 손을 내밀어보는 건 어떨까? "꼭 그렇게까지 해야 해?"라는 네 목소리가 들리는 것 같구나. 그럼, 그냥 놀고 싶으니까. 파이팅!

다시 쓰는 일기

직장을 그만둔다는 건, 내일 아침에 당장 갈 곳이 없어진다는 것과 매달 25일에 월급이 들어오지 않는다는 것 이상의 의미가 있다. 퇴사하고 가장 안타까운 일은 동료들과 이전처럼 가깝게 지내지 못한다는 거였다. 인간관계가 하루아침에 정리되는 건 아니지만, 시간적 · 공간적 · 업무적 공유가 사라지니 관계 또한 서서히 정리되고 말았다. 관계를 이어가기 위해 갖은 애를 써봤지만 흘러가는 시간 앞에 장사는 없었다.

이사도 마찬가지다. 내가 걸었던 길, 내가 자주 갔던 상점들, 구수한 식빵을 굽는 빵집과 진한 커피 향 가득한 카페, 손맛 좋은 아주머니의 반찬 가게, 지친 나를 물끄러미 비추어주던 골목길의 포근한 가로등을 다시 못 보게 된다는 건 내게 무척 큰 상실이었다.

직장을 그만두고 서울에서 파주로 이사 온 나는 두 가지 이별을 동시에 경험한 셈이었다. 하루아침에 찾아온 고립감은 한동안 나를 떠나지 않았다. 두 아이가 늘 곁에 있었지만, 나의 외로움은 영화 〈캐스트 어웨이〉의 주인공 척 놀랜드도 울고 갈 정도였다. 배구

공에 '윌슨'이라는 이름을 붙여 말을 걸고 정을 붙였던 그처럼 무인도처럼 느껴지는 낯선 곳에서 누군가의 이름을 부르고 싶었다. 친구가 너무 간절했다.

'그녀와 친구가 될 수 있을까?'

아이들은 타인의 손에 맡기고 집안일은 최하 순위에 둘 수밖에 없던 워킹맘에서 어설픈 초보 전업주부로 전환해, 손끝 야무진 살림의 대가이자 육아의 달인인 전업맘들과 새로 관계 맺기에 나선다는 건, 마치 초보 운전자가 레이싱 경기에 출전한 것처럼 긴장 백배의 일이었다. 그녀들과 어울리며 나의 취약 분야인 가사와 육아를 주제로 대화를 나누는 건 상상만으로도 끔찍했다. 정리되지 않은 내 집으로 그녀들을 초대한다는 건 실로 난감한 일이었다.

집과 학교, 동네 도서관만 들락거리다 더는 외로움을 견디지 못하고 용기를 냈다. 안면 있는 엄마들과 의기투합해 '책 읽는 엄마들의 모임'을 만들었다. 누군가 우리들의 모임에 '그림책 여행가'라는 이름을 붙였는데 모두들 마음에 들어 했다. 리더십을 발휘하는 데 재능이 있는 사람들은 리더leader가 되었고, 조용히 책 읽고 나누는 것이 좋은 사람들은 리더reader가 되었다. 남다른 문제의식과 활동가적인 면모를 갖춘 사람들은 학교와 지역사회를 더 좋은 곳으로 만드는 일에 발 벗고 나섰다. 책을 중심에 두기는 했지만 수다가 더 좋은 사람들은 수다가 중심이 되었고, 음식 만드는

데 일가견이 있는 사람들은 맛있는 음식을 만들어 나눴다. 프로그램 만들기를 좋아하는 나는 여러 프로그램을 만들어 다양한 책 읽기를 시도했다. 학교 폭력으로 고통받는 아이들이 없는 교실을 상상하면서 '우정 그림책 특집: 우리 반이 달라졌어요'와 사춘기에 접어든 자녀와 함께 자아를 찾아 나선 엄마들을 위한 '헤세로 가는 길: 나에게로 가는 길' 등을.

서로 다른 이들이 만나서 만든 이 모임은 5년째 지속되어 현재 38명이 활동하고 있다. 5년이라는 긴 시간 동안 적지 않은 사람들이 별 탈 없이 잘 지내고 있는 거다. 초등학교, 중학교, 고등학교라는 관계의 정글을 지나면서 내 가시로 남을 찌르지 않는 법을 터득한 걸까? 그동안 우리가 얼마나 외로웠으며 서로를 얼마나 간절히 원했는지를, 누가 어떤 지점에서 상처를 주고 누군 어떤 지점에서 상처를 받는지를, 좋은 관계를 오래 지속하기 위해 지켜야 할 선이 있다는 것을, 누가 가르쳐주지 않아도 너무 잘 알고 있었다. 우리는 서로의 취향과 개성을 존중하는 것 이상으로, 각자에게 있는 건드리면 무너지는 한계선을 넘지 않으려 노력했다. 친밀함이 넘쳐 간섭이 되지 않도록 적절한 심리적 거리를 유지했다.

여러 가지 재료가 어우러져 하나의 맛있는 요리가 되듯, 시간이 지남에 따라 우리 모임은 다양하고 풍성한 맛을 내게 되었다. 퇴사와 이사로 극도의 외로움에 봉착했던 나를 '그림책 여행가'가 구해주었다. 외로움이라는 무인도에서 죽지 않고 살았다. 함께!

"새로운 환경에서 외로움에 사무쳤을 때
좋은 친구들을 만났다.
'그림책 여행가' 친구들.
함께하기에 우리는 덜 외롭게 살고 있다."

Day 5

엄마와 아빠가 싸운 날

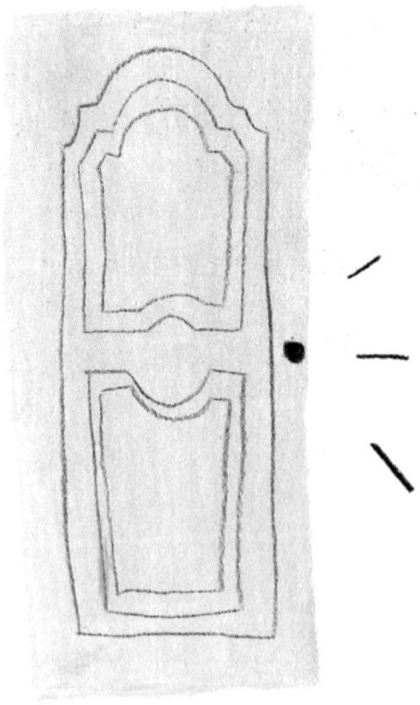

친정아버지 생신 준비

해마다 시아버지 생신날이면 나는 시댁에서 생신 상을 차린다. 부득이한 사정이 있어 식당에서 잔치를 할 때도 있지만, 웬만해선 직접 상을 차리려고 애를 쓴다. 식당에서 식사하는 걸 좋아하지 않는 아버님의 기호를 맞춰드리고 싶었기 때문이다. 아버님 생신이 다가오면 난 한 달 전부터 몸과 마음을 정비한다. 음식 장만에 여러모로 소질이 없어서 손맛이 없기에 정성으로라도 최선을 다하고 싶기 때문이다.

돌아보니 친정아버지 생신 때 내가 직접 상을 차린 적이 없었다. 파주에서 내 고향 부산까지 거리가 멀기도 하지만 그건 핑계에 불과하다. 별안간 죄송한 마음이 들었다. 올해 생신만큼은 양가 공평하게 내 손으로 직접 장을 보고 요리해서 상다리 부러지게 차려드려야지 싶었다. 이제 곧 친정아버지 생신이 다가온다. 파주에서 부산까지 오가는 데만 해도 꽤 시간이 걸리니 가는 데 하루 오는 데 하루를 잡는다면, 최소 2박 3일은 되어야겠지. 좋아, 현충일이 낀 연휴에 친정에 다녀오면 되겠다 싶어 남편에게 말을 꺼냈다.

"현충일 연휴에 부산 다녀오는 거 어때?"

"왜?"

"친정아버지 생신이잖아. 이번엔 시아버지 생신 때처럼 우리 아버지 생신 상 내가 직접 차려드리고 싶어."

"난 못 가."

못 가? 입장을 바꾸어 생각해보라. 시아버지 생신날, 내가 "난 못 가!"라고 한다면? 제 정신이냐? 약이라도 먹었냐? 하며 날 정신 나간 사람 취급할 것이다. 멀다는 이유로 친정 쪽 경조사에 남편이 참석한 적도 거의 없었다. 십 년을 넘게 함께 살면서 친정 부모님 생신날도 나 혼자 다녀왔고, 친정 쪽 친인척 문상도 나 혼자 다녀왔다. 여태 이런 일이 한두 번 있었던 게 아니어서 나름 협상의 전략을 터득한 나지만, 친정아버지의 큰 수술을 앞두고 마음이 약해진 탓인지 아무 말도 나오지 않고 닭똥 같은 눈물만 뚝뚝 떨어졌다.

용과 호랑이가 싸운 날

'왜 하필 이 순간에 눈물이 나온담.'

난 울지 않으려고 안간힘을 썼다. 일보 전진을 위한 일보 후퇴. 주말 아침 밀린 설거지를 하며 마음을 추슬렀다. 분노를 삭이느라 부들부들 떨고 있는 나에게 큰아이가 일기장을 내밀었다.

2010○년 ○월 ○일

닭이 각시탈을 만들고 나니 어찌된 일인지 외할아버지 생신과 현충일 휴가 때문에 용은 부엌에서 화가 나 있고 호랑이는 화장실에서 화가 나 있다. 용은 화가 나서 점심도 안 먹겠다고 한다. 호랑이와 용이 소통을 해야 하지 않을까 싶어 닭은 화장실로 가서 호랑이에게 용 이야기를 들려주었다.

"……!!!!! 너 말 전하러 오지 마!"

이런 상황을 두고 명동에서 뺨 맞고 한강에서 화풀이한다고 하나 보다.

'화가 날수록 서로 소통하여 모두에게 이로운 해결 방안을 만들어야지. 서로 자기주장만 하면서 남을 헐뜯으면 되냐고!'

갑자기 이런 생각이 들면서 숙제할 생각이 싹 사라졌다.

서로 듣는 이의 마음을 고려해서 서로 존중하며 해결 방안을 찾았으면 좋겠다.

큰아이 눈에는 이 천부당만부당한 일이 그저 한낱 부부 싸움으로 보일 터, 엄마가 시댁에 가는 건 당연하고 아빠가 처가댁에 가는 건 당연하지 않은 게 '전통'이라는 미명하에 당연시되는 이 고약한 인습이 우리집에도 뿌리내린 건 아닌지 의심해봐야 했다.

나는 두 딸을 키우는 엄마다. 갈 길이 멀다. 마음을 다잡자. 내 딸들을 위해서라도 힘을 내자. 소통을 하자.

엄마가 보내는 편지

수민아 수린아, 너희들 앞에서 엄마 아빠가 다투는 모습을 보여서 미안하다. 웬만해선 눈물을 보이지 않는 엄마가 눈물까지 보였지. 너희들이 많이 놀랐을 거야. 사과할게.

외아들에 장남, 남아 선호 사상이 뿌리 깊게 자리 잡은 가정에서 나고 자란 네 아빠는 어려서부터 증조할아버지와 겸상을 하며 증조할아버지와 동급의 대접을 받고 자랐대. 존재 자체로 너희 할머니, 즉 엄마의 시어머니 어깨에 힘을 실어주는 든든한 아들이었지. 반면에 엄만 딸만 있는 가정의 둘째 딸로 태어나 집안에 아들이 없어서인지 자라면서 남녀 차별이란 걸 한 번도 겪어보지 않았어.

엄마의 시어머니이자 너희 할머니께서 엄마에게 맏며느리 역할을 강요하신 적은 없지만, 엄마가 시댁을 들락날락하면서 느낀 문화적인 충격은 상당했어. 시대가 바뀌고 세상이 달라져 여자도 바깥일을 하고 남자도 집안일을 하게 된지 오래지만, 시댁에선 여전히 남녀의 역할이 딱 구분되어 있었거든. 출산과 육아, 가사는 집안일로 범주화해서 전적으로 여성이 감당해야 하는 일인 데다, 여성이 하는 바깥일은 집안의 대소사를 위해 조정해야만 하는 구조! 한마디로 여성이 바깥일을 하는 건 자기 계발을 위해 좋아서 하는 '이기적인 노동'이 되는 거고, 남성이 바깥일을 하는 건 가장으로서 막중한 책임을 다하는 '자기희생적인 노동'이니 집안일에 신경 쓰게 해선 안 된다는 불공평한 논리였어.

외할아버지와 외할머니 두 분은 다 바깥일을 하셨어. 출산은 전적으로 엄마의 몫이니 대신해줄 수 없어도, 육아와 가사에 있어서만큼은 외할아버지의 활약이 대단하셨지. 외할아버지께선 늘 청소며 빨래 등 집안일을 즐겨 하셨고, 엄마는 자연스럽게 바깥일 집안일 구분 없이 부부가 함께하는 모습을 보면서 자랐지. 전통적으로 성 역할을 구분해놓았다는 걸 보고 배운 적이 없었어. 그래서 엄마 아빠가 바깥일을 함께한다면 집안일도 함께하는 게 당연하다고 생각했어. 그러니 엄마와 아빠의 만남은 화성에서 온 남자와 금성에서 온 여자의 만남이자, 과거에서 온 남자와 미래에서 온 여자의 만남이었지.

연애 초기, 엄마의 마음을 얻기 위해 네 아빠의 노력이 대단했던 그땐 오늘 같은 일이 생길 거라곤 상상도 못했다. 결혼 초기, 좋은 며느리가 되려고 엄마 또한 최선을 다했던 직이 있었어. 수린이가 태어나기 전까지 말이야. 수린이가 태어나던 날, 갓난아이를 보러 온 직장 동료가 말하더구나.

"어머, 과장님 이제 어떡해요!"

엄만 깜짝 놀랐다. 눈에 넣어도 아프지 않을 만큼 예쁜 너희들인데, 남아 선호 사상에 물든 사람들에겐 그저 아들이 아니어서 안타까운 존재로만 비춰지는 건가 싶어 정신이 번쩍 들었지. 맏며느리인 엄마에게 "반드시 대를 이어야 한다"는 소리 없는 아우성이 거세게 다가올수록, "반드시 아들을 낳아야 한다"라고 말하는 인습 추종자들을 상대할수록, 엄마는 더욱 당당해져야겠다고 다짐했어. 내가 당당해야 내 딸들도 당당할 수 있다고 믿었거든. 그러기 위해 일단 엄마부터 먼저 고정관념과 편견에서 벗어나야 했어. 대를 이어온 가부장 권력에 내 삶의 주도권을 내주지 않기로 말이야.

엄마가 만약 아들 둘을 낳았다면 어땠을까? 가부장제의 막강한 권력을 계승받았겠지. 기존의 제도와 체제에 문제가 있다는 걸 자각하지 못했을 지도 몰라. 하지만 엄만 금쪽보다 소중한 너희들이 있었기에 제도 너머를 상상할 수 있었고, 이 땅의 여성들 삶에도 관심이 생겼어. 예전보다 여성의 지위가 높아졌다고 해도 사회 곳곳에서 여성에 불리한 조건들을 접하게 돼. 〈성 격차 보고서〉(2015년 기준)에서 우리나라의 여성 평등 지수는 0.65(1에 가까울수록 평등)로 145개 조사 대상국 가운데 115위라고 하는구나. 경제협력개발기구OECD 국가 가운데 한국의 남녀 임금 격차가 2000년부터 부동의 1위이며, 2014년 기준 여성의 임금은 남성에 비해 36.7%나 적다고 하네. 엄마가 이런 이야기를 하면 수민이 수린이가 속상해하겠지. 그래, 이건 당연하지 않아. 수민이가 일기에 썼듯 '화가 날수록 서로 소통하여 모두에게 이로운 해결 방안을 만들어야' 할 일이야.

남아 선호 사상에 남녀 차별을 당연시하는 문화 속에서 자란 아빠와 성 평등을 이룬 가정에서 자란 엄마는 아직도 부딪칠 때가 있어. 아빠가 많이 달라졌고 늘 최선을 다하고 있다는 걸 엄마도 잘 알지만, 아빠가 노력한다고 해도 어릴 적부터 몸에 밴 습관이 불과 몇 년 사이에 바뀌기란 쉬운 일이 아닐 거야. 다시 힘을 내 소통을 시도해야겠지?

"딸 둘 아빠 유형선 씨, 딸의 입장에서 다시 한번 생각해주세요."

"철학자를 꿈꾸는 유형선 씨, 낡은 인습을 부서뜨리는 망치가 되어주세요."

아빠는 화장실에서 나와 바다 보러 가자고 그러네. 엄마는 설거지를 마치고 차에 올라탔지. 썩 내키지는 않지만 아빠가 내민 화해의 제스처를 받아준 거야. 오랜만에 온 가족이 강화도 동막으로 향했어.

해 저문 바닷가에 밀물이 들어와 하늘을 그대로 비춘다. 어느새 하늘과 바다는 같은 빛을 내고 있다. 어디가 하늘인지 어디가 바다인지 구분이 모호한, 하늘과 바다가 만들어내는 장관에 수린이는 그만 울음을 터뜨리고 말았어.

"너무 아름다워서 눈물이 나!"

그래. 같은 빛을 내며 조화를 이루는 하늘과 바다처럼, 엄마 아빠도 화해할게.

엄마가 수민, 수린에게

"서로 다른 환경에서 자란 엄마 아빠는
많이 노력하지만 때론 다툴 때도 있어.
같은 빛을 내며 조화로운 하늘과 바다처럼
엄마 아빠도 더 노력할게."

다시 쓰는 일기

성남의 금광동, 지하철 8호선 단대오거리역에서 내려 삼십 분은 더 오르막길을 걸어 올라가야 하는 달동네, 재개발을 앞둔 오래된 다세대 빨간 벽돌집 2층. 전세 4천에 빌린 그곳이 우리 부부의 첫 집이었다. 다닥다닥 붙어있는 집들 사이로 차가 다닐 수 없어, 주차장도 차도 없는 그 좁다란 골목엔 간혹 오토바이만 쌩하니 지나갈 뿐이었다.

아래층엔 머리카락 색이 각기 다른 한 무리의 청소년들이 세 들어 살았다. 갖은 아르바이트를 하며 하루를 보낸 아이들은 저녁이 되면 하나 둘 모여들어 시끄러운 음악을 틀어놓고 그날의 피로를 풀었다. 미국에 있을 때 국적이 다른 여학생 여덟 명이 비싼 기숙사에서 빠져나와 한 달에 120불씩 내어 공동묘지 옆, 방 두 칸짜리 낡은 아파트를 빌려서 지낸 적이 있다. 등록금을 버느라 밤낮없이 아르바이트를 하며 하나부터 열까지 아꼈던 그때를 어찌 잊을 수 있을까? 청춘은 원래 그런 거라는 헛소리는 집어치우고, 난 아랫집 아이들의 고된 삶이 나아지길 진심으로 바랐다.

위층엔 장년의 부부가 살았다. 새벽녘에 술에 취해 남편이 들어오면, 곧 부부 싸움이 시작되곤 했다. 주로 아내의 날선 고함 소리가 한동안 들리고 나서 살림이 부서지는 소리가 뒤를 이었는데, 잠에서 깬 우리 부부는 큰일 나는 건 아닌지 노심초사해야 했다. 경찰을 불러야 할까, 경찰을 부르는 게 과연 저 부부에게 도움이 되기는 할까를 고민하다가, 살림살이만 깨부쉈지 부부가 서로를 때리고 맞고 하는 몸싸움이 아니란 걸 확신했기에, 소란스런 부부 싸움 소리를 자장가 삼아 삶이 우릴 속일지라도 우린 우리 손으로 장만한 살림살이를 허무하게 부수진 말자며, 서로를 토닥이다 잠을 청하곤 했다.

유학을 마치고 돌아와 서울에서 직장을 구해 한 달에 20만 원짜리 고시원 방에서 지냈던 나와, 대학교 앞 반지하 월세방에서 곰팡이와 바퀴벌레와 사투를 벌였던 남편은, 공동으로 사용하지 않아도 되는 우리만의 화장실이 있고 햇살 가득 들어오는 창문이 있다는 것만으로 그 집을 좋아했다.

그 집에서 큰아이 수민이를 갖고 낳기까지 꼬박 2년을 살았다. 성남에서 종로 회사까지 가려면, 8호선 → 2호선 → 1호선으로 지하철을 두 번 갈아타고 삼십 분을 더 걸어야 했다. 임산부였던 나는 더운 여름이면 숨이 딱딱 막히고, 겨울이면 미끄러질까 봐 각별히 신경 써서 발걸음을 내디뎠다.

"야식 좀 사 와."

퇴근 무렵 남편이 전화를 걸었다. 바쁜 회사 일 때문에 늘 지하철 막차를 탔던 나는 언덕 아래 시장에 들러 치킨이며 족발 등 야식을 사 들고 집으로 걸어 올라갔다. 온몸이 녹초가 되었지만 그땐 왜 그랬는지 "직접 사 먹어"란 말 한마디를 못하고 남편이 먹을 야식을 사다 날랐다. 하루는 치킨을 다 먹고선 "느끼한 거 먹으니까 상큼한 게 당기네. 과일 좀 사 와"라고 하던 남편. 지금은 어림도 없는 일이지만 새벽에 나가 한밤중에 들어오느라 하루에 한 끼도 못 챙겨주는 아내라, 이깟 먹을거리 사다주는 것쯤 못할까 싶어 무거운 몸을 이끌었던 거였다.

친정에서 아이를 낳고 한 달 만에 집에 들렀던 날, 현관문을 열자마자 진동하는 악취에 코를 막고 말았다. 언제 갈아입었는지 모를 바지들이 허리에서 흘러내린 모양 딱 그대로 똬리를 틀고선 날 노려보고 있었고, 며칠이나 지났는지 모를 발 냄새 가득 머금은 양말들이 흩뿌려져 있었고, 언제 먹었는지 알 수 없는 야식 그릇들은 정리되지 않은 채 싱크대 언저리를 장식하고 있었다. 현관에서부터 빨랫감을 하나하나 들고서 화장실 문을 열었을 때, 그만 경악을 금치 못하고 눈물을 쏟았다. 재개발을 앞둔 낡은 주택의 화장실엔 창문이 없고 습기가 차서 물때가 끼곤 했는데, 세상에나 이 사람, 내가 없는 한 달 사이 화장실 청소를 한 번도 안 했나 보다. 화장실 벽에 검은 무양의 커튼을 두른 것처럼 시커먼 물때가 천장부터 바닥까지 사방에 꽉 끼어있는 것이었다. 게다가 화장실 바닥이 평평하지 않아서 화장실 한 귀퉁이에 세워둔 세탁기는 돌리고 나면 제자리로 다시 옮겨주어야 했는데, 도대체 세탁기에 손 하나 안 대고 몇 번이나 돌렸는지 화장실 문 바로 앞에 세탁기가 떡하니 서있었던 것이다.

그야말로 여긴 지옥, 그동안 난 악령과 살아온 건가? 어려서부터 증조할아버지 동급으로 어머니를 비롯한 수많은 여성의 대접을 받으며 자랐을 사람. 어쩌면 평생 시중을 들어줄 사람이 필요해서 결혼했을지도? 하지만 당신, 사람 잘못 봤어. 난 딱 여기까지라고! 아무리 생각해도 이제 막 아이를 낳고 돌아온 아내에게 이건 너무한 거다. 이래선 안 되는 거다. 순간 친정집에 두고 온 딸아이 얼굴이 떠올랐다. 내 딸이 커서 이렇게 살면 안 된다. 딸은 엄마를 보고 자란다. 내 삶은 딸에게 지대한 영향을 미칠 것이다. 내 아이가 살았으면 하는 삶을 내가 먼저 살아보리라. 두 주먹이 불끈 쥐어지는 순간이었다.

"남편이 참 좋은 분 같아요."

요즘 들어 자주 듣는 말이다. 난 '왜 사냐건 웃지요' 시구를 되뇌며 알 수 없는 미소를 짓는다. 그래, 참 많이 좋아졌다. 십 년 넘게 살아오면서 서로 많이 노력했다. 분노의 시간, 저항의 시간, 투쟁의 시간을 거쳐 마침내 소통의 시간을 맞았다. 어쩌면 내 친정아버지께서 그토록 집안일을 열심히 하셨던 이유도 두 딸이 딱 당신 같은 남편 만나서 성 평등을 이루고 살라는 의미였을 터, 평생 바깥일 집안일 모두 함께하셨던 나의 친정 부모님처럼 남녀 성 역할 구분 없이 함께하는 가정을 우린 만들어가고 있다. "엄마 아빠는 사이가 좋아서 참 좋아"라고 말하는 두 아이를 보며 다시 힘을 낸다. 더불어 남편에게도 한마디, "과거에서 오느라 고생 많았소. 우리 잘 살아봅시다!"

한 달 뒤, 친정아버지 생신날 온 가족이 모두 부산을 다녀왔다. 앞으로도 쭉 다녀올 것이다.

Day 6

부탁해요,
엄마

온 가족 생일 파티

"엄마, 나 생일 파티해줘."

작은아이 생일이 다가온다. 친구를 좋아하는 이 아이는 생일 선물도 케이크도 마다하면서, 온 동네 친구들을 모두 초대하고 싶어 한다. 이번 생일엔 사정이 있기에 아이를 설득해보기로 했다.

"수린아, 어쩌지? 이번 생일에는 친구들 초대 못 할 것 같아."

"왜?"

아이는 눈을 동그랗게 뜨고 물었다.

"수린이 생일에 외할아버지께서 수술하시기로 했거든. 그래서 엄마가 부산에 가봐야 돼."

작은아이는 실망 가득한 얼굴로 돌아섰지만 어쩔 수 없는 상황이란 걸 금세 받아들이는 눈치였다. 다음 날, 작은아이는 두 눈을 반짝이며 말했다.

"엄마, 좋은 생각이 났어."

"무슨?"

"부산에서 생일 파티해요, 우리!"

아버지 수술을 앞두고 온 가족 마음이 싱숭생숭한 마당에 딸 생일 파티를 한다면? 상상만으로도 민망하여 나는 고개를 절레절레 흔들었다.

"수린아, 올해 생일은 외할아버지 수술 날이랑 겹쳐서 생일 파티를 할 순 없을 것 같아."

작은아이는 좋은 생각이 있다는 눈치다.

"엄마, 외할아버지가 좋아하실 거야. 내 생일이 22일, 외할아버지 생신이 29일, 참! 이모 생신도 2일이니까 한 번에 축하해주자고. 케이크도 음식도 필요 없어. 선물하고 편지만 있으면 돼. 엄마가 선물만 준비해줘. 선물 포장이랑 편지 쓰는 건 내가 할게."

나는 생일 선물을 주문했다. 작은아이 말대로 아버지 선물과 언니 선물, 아이 선물을 주문하고 보니, 다른 식구들 얼굴이 눈에 밟혔다. 물리적으로 멀리 떨어져 지낸다는 이유로 나는 조카들 생일 한 번 제대로 챙겨주지 못한 무심한 이모였다. 때 지난 조카들 생일 선물과, 여태 한 번도 챙기지 않은 형부 생신 선물까지 준비하고 보니 선물만 한 짐이었다.

"수린아, 어떡하지? 엄마 이거 다 들고 갈 수 있을까?"

아버지 수술 날 병원에서 온 가족 생일 파티를 연다는 게 과연 괜찮은 일인지 머릿속이 복잡했다.

어느덧 그날이 되었다. 부산에 도착한 우리 식구는 기차에서 내려 병원으로 향했다. 이제 막 수술을 마치고 병실에 누워 계신 아버지. 이번이 두 번째니 조금은 익숙한 광경이겠지. 하지만 수술복 사이로 뼈만 남은 앙상한 몸과 코와 입에 연결된 호스들, 주렁주렁 매달려있는 주사액 봉지들을 보니, 이번에도 어김없이 눈물샘이 차올랐다. 지난번 위암 수술을 받으셨을 땐 병문안을 다녀와서도 시도 때도 없이 터져 나오는 울음 때문에 한동안 일상생활이 불가능했던 나였다.

오늘은 좋은 날, 온 가족 생일 잔칫날을 눈물로 보낼 수는 없다. 난 마음을 다잡고 최대한 밝은 표정으로 선물 꾸러미를 열었다. 아이들은 선물을 전달하고, 편지를 읽고, 생일 축하 노래를 불렀다. 대학병원 병실에서 소리가 새어나가지 않도록 입만 벙긋벙긋 조용히 치른 파티였지만, 아버지 얼굴에 함박 미소가 가득했다. 무겁게 가라앉았던 분위기가 한결 좋아졌다.

"이런 기특한 생각을 누가 했대?"

몇 날 며칠을 선물 포장하고 편지 쓰느라 고생한 아이들은 서로 마주보며 어깨를 으쓱거렸다.

엄마가 보내는 편지

오늘 엄마의 편지는 사과로 시작할게. 부산에서 사라진 ‘엄마의 두 시간’에 대해 먼저 해명해야겠구나. 너희들이 이종사촌과 TV를 보며 치킨을 먹고 있을 때, 엄마는 외할머니와 단둘이 전망 좋은 횟집에서 회정식을 먹었어. 오랜만에 모녀가 소주도 한 병 비우면서 말이야. 수민이와 수린이가 더 자라서 엄마만큼 키가 크면 너희들과도 그렇게 하고 싶다. 반주도 한잔 걸치면서 말이야.

“엄마는 왜 글을 써요?”

언젠가 수민이가 물었지. 엄마가 “돈을 벌기 위해서”라고 대답했더니 수민이는 크게 실망했어. 엄마가 세상에 하고 싶은 말이 있어서랄지, ‘시인’을 꿈꾸었던 엄마의 어릴 적 꿈을 지금이라도 이루고 싶어서랄지 좀 그럴듯한 대답을 하길 기대했을 거야.

오늘 외할머니께서 말씀하시더라. 지난 6개월 동안 식구들 모르게 동네 요양병원에서 몸이 불편하신 할아버지 할머니를 돌봐드리는 일을 해오셨다고 말이야. 엄마는 깜짝 놀랐어. 일하느라 바쁜 큰딸을 위해 손자손녀를 돌보느라 고단하실 텐데 또 일이라니, 그것도 땀을 뻘뻘 흘리면서 힘을 써야 하는 일을 하셨다니 엄마는 무척 속상했어. 일흔이 다 되어 이제 좀 편하게 지내시나 했는데 말이다.

"엄마, 왜 일하셨어요?"

엄마는 궁금했어. 외할머니께선 왜 일을 하셨을까? 평생 일을 놓아본 적 없는 외할머니는 손주들이 태어나면서 바깥일을 그만두셨어. 그리고 일하는 두 딸을 위해 손주들을 대신 돌봐주셨지. 옛날 옛적 외할머니께서 젊은 엄마였을 때, 두 아이를 두고 일을 해야만 했기에, 엄마와 이모의 사정을 누구보다 잘 이해하셨지. 그래서 너희들에게 그 옛날 두 딸에게 못 해준 몫까지 다 해주셨어. 너희들이 더 자라 중학생, 고등학생이 될 테니 외할머니께선 이젠 당신의 손길을 거둬들일 때가 됐다고 판단하신 것 같아. 무엇이든 스스로 척척 해내는 너희들을 보면서 외할머니께선 기특하고 뿌듯하면서도, '아, 내가 없어도 될 시간이 다가오는구나' 하는 마음이 드셨을 거야. 동네 요양병원에서 외할머니의 정성이 깃드는 곳마다 사그라지는 생명이 다시 활기를 얻는 모습을 보면서, 외할머니께선 요즘 삶의 보람을 다시금 찾게 되었다고 하시더라.

그래, 사람은 누구나 가치 있는 일을 하는 의미 있는 사람이 되길 꿈꾼다. 초등학생인 너희들이 그렇듯이, 마흔인 엄마도 일흔의 외할머니도 그건 마찬가지야. 물론 외할머니 말씀이 다 맞지만 엄마는 알고 있어. 외할머니께선 외할아버지의 수술비를 마련하기 위해 일하신 거라는 걸, 늘 부모님 걱정하는 엄마와 이모를 안심시키기 위해 그렇게 말씀하시는 거라는 걸 말이야. 무슨 일이든, 일을 한다는 건 참 좋아. 그 일이 가족을 돕고 다른 사람을 돕는 일이라면 더더욱. 다시 일을 시작하신 외할머니를 축하해드렸어. "엄마, 정말 멋져요"라고. 하지만 한 가지 약속은 했지. 하루에 딱 세 시간만 일할 것! 일흔의 외할머니께서 삶의 보람을 느낄 정도로만 일을 하실 것! 외할머니의 건강을 지키기 위해서 이 약속만은 꼭 받아냈어. 그리고 엄마는 더욱 열심히 글을 쓸 거야.

수민아, 넌 이미 알고 있을 거야. 엄마가 단지 '돈' 때문에 글을 쓰는 게 아니란 걸. 글을 쓴다는 건 엄마 스스로에게 참 의미 있는 일이거든. 미국의 저항 시인 랭스턴 휴즈의 표현을 잠깐 빌리면, 그건 "땡볕 아래 말라비틀어진 건포도처럼" 아주 오래된 엄마의 연기된 꿈이야. 그렇게 쓴 글의 대가로 받는 돈이 그냥 돈은 아니겠지? 하지만 엄마가 이번에 쓴 글은 외할아버지의 수술을 위해서였다고 말하고 싶다.

엄마의 두 번째 책이 나오면 비행기 타고 여행 가기로 한 약속을 다음으로 미루자. 엄마가 세 번째 책을 내면 그땐 꼭 여행을 떠나자. 엄마가 좋아하는 글을 써서 외할아버지 수술비도 보태드리고, 수민이 수린이와 가족 여행을 떠날 수도 있어서 엄마는 퍽 행복하구나.

동네 도서관에 윤석남 작가님이 오셨다. 언젠가 서울시립미술관에서 윤석남의 '심장'전을 본 적이 있는데, 그때 윤석남이라는 작가에 반해서 같은 전시회를 3일 연속 관람했었다. 오늘은 그 윤 작가님이 첫 그림책《다정해서 다정한 다정 씨》를 소개하러 오신단다.

이른 아침부터 봄비가 여름 소나기처럼 퍼부었다. 작가님은 강남에서 이곳 파주의 작은 동네 도서관까지 초행길을 내비게이션 도움 없이 운전해서 오셨다고 했다. 올해 일흔여덟이라고는 도저히 믿기지 않는 건강미 넘치는 작가께서 내 앞에 앉으셨다.

결혼해서 시어머니를 모시고 전업주부로 살다, 마흔이 넘어 그림을 그리지 않고서는 미칠 것만 같아서 남편의 한 달치 월급을 털어 화구를 구입하셨다는 이야기며, 미술 공부를 따로 한 적 없지만 첫 그림으로 '어머니' 초상화를 그리고서 2년 만에 개인전을 열었다는 이야기, 지난 38년간 엄마로서 아내로서 며느리로서 팔이 스무 개라도 모자랄 만큼 바쁜 하루 일과를 마치고 나면 바로 작업실로 들어가 새벽 서너 시까지 작업에 몰두해오셨다는 이야기와, 늘 그림책 작가가 되기를 꿈꾸어왔고 일흔여덟에 그 꿈을 이루었다는 이야기가 내 마음을 마구 뒤흔들었다.

윤 작가님의 작품을 들여다보면, 마치 여러 여성의 목소리가 들리는 것 같다. 바리데기, 허난설헌, 이매창, 김만득 그리고 이애심 할머니까지. 이 땅의 여성의 삶을 가장 잘 표현하는 작가이자, 일흔이 넘어서 더욱 활발하게 활동하는 작가님을 뵙고 나니, 문득 엄마 생각이 났다.

'어릴 적 우리 엄마 꿈은 무엇이었을까? 엄마는 아직도 꿈꾸고 계실까?'

책을 좋아하는 엄마, 아무리 생각해봐도 엄마의 꿈은 글밥을 짓는 작가였을 것 같다. 작년까지 가정의 달 5월이 되면 용돈을 조금 더 보내드리거나 부모님을 모시고 맛집을 찾았지만, 올해 어버이날은 특별한 선물을 하고 싶었다. 곰곰이 생각하다 엄마가 사랑해 마지않는 박완서 작가님의 책들을 보내드렸다. 그동안 헌책방을 들락거리며 모아두었던 박완서 작가님의 작품들을 한꺼번에 보내드린 거다.

"엄마, 책은 어때요?"

"너무 좋다! 요즘 책 보느라 텔레비전 안 본 지 오래됐다."

"정말요? 진작 보내드릴걸."

아! 나 왜 여태 몰랐을까? 일흔의 엄마에게 아직 식지 않은 연기된 꿈이 있다는 걸. 내가 그저 돈 때문에 글을 쓰는 게 아닌 것처럼, 엄마 또한 나이든 딸에게 바라는 것이 '성공'만이 아니란 걸 말이다. 그동안 엄마에게 나로선 과분한 돈 봉투나 백화점 명품 가방을 떠안기며 가짜 성공을 증명해보이려 노력했던 것을 후회했다. 가짜 성공을 위해 두 아이를 맡기고 앞만 보고 달려갔던 그때보다, 글을 쓰면서 행복을 느끼는 지금의 나를 더욱 흐뭇한 눈으로 바라보는 엄마의 진심을 이제야 알 것 같다.

"엄마, 요즘에도 글 쓰세요?"

"아니. 안 쓴 지 오래됐지."

"예전에 엄마 글 참 좋았는데…."

아버지 수술비를 보낸다고 하면 손 사레를 치며 안 받겠다고 하실 것이 뻔하기 때문에 나는 뻔하지 않은 다른 이유를 대야 했다. 하지만 이것이 진짜 이유, 늘 그렇듯 조금만 각도를 틀어 생각해보면 내 마음속 진심을 찾게 된다.

"엄마, 저 이번에 두 번째 책 인세를 엄마 드리려고요."

"왜?"

"선인세를 받고 나면 글을 쓸 수밖에 없거든요. 그러니까 엄마가 그 인세를 받고 저에게 편지를 써주시면 돼요. 하하하!"

글 쓰는 걸 좋아하는 사람에게 그 사람의 글을 기다리는 단 한 명의 독자가 있다는 건 또 얼마나 기쁜 일인가.

"예쁜 공책부터 장만해야겠구나."

"꼭 써주세요. 딸을 위해 오케이?"

"알았다."

나는 안다. 지금 엄마가 무척이나 설레신다는 걸. 마흔이 넘은 딸이 글을 쓰기 시작했을 때, 엄마가 더 기뻐하셨던 걸 나는 또렷이 기억한다. 엄마는 마흔이 넘어서 등단한 이래 백 편이 넘는 작품을 남긴 고 박완서 작가님 비유를 들어, 좋아하는 글쓰기를 하기까지 머나먼 길을 빙빙 둘러온 나에게 마흔이 글쓰기에 딱 좋은 나이라며 열렬히 응원해주셨다. 일흔여덟에 오래 꿈꾸어왔던 그림책 작가가 되어 첫 책을 펴낸 윤석남 작가님을 비유해, 나는 엄마에게 말했다.

"엄마, 진짜 작품은 일흔이 넘어야 한데요. 엄마 편지는 단 하나뿐인 일생일대의 진짜 작품일 거야. 그 작품 길이길이 고이고이 간직할게요. 꼭 써주세요."

며칠 뒤, 엄마는 딸이 힘들게 글을 써 받은 인세를 받을 순 없다 하시며 편지와 함께 그대로 돌려보내셨다.

친정엄마에게서 온 편지

내 딸 정은아,

네게 편지를 쓰려고 펜을 드니까 옛날 생각이 난다. 네가 대학 시험 치는 날 도시락 안에 넣어준 편지와, 네가 혼자 그 먼 미국으로 가던 날 짐 속에 사진첩과 함께 넣어준 편지가 기억나는구나.

언제나 엄마에게 아픈 손가락인 내 딸 정은아, 널 건강하게 낳아주지 못해 엄마는 항상 조마조마했다. 하지만 정신만은 강인한 널 엄마가 얼마나 든든해하고 자랑스러워하는지 아마 모를 거다.

온 나라가 힘들다고 들썩였던 IMF 때, 대학을 졸업하고 취업이 힘들어져 시골구석에서 숙식을 해결하며 힘들게 일했던 너를 엄만 뒷받침해주지 못했지. 형편이 어려워 가뭄에 가랑비처럼 겨우 지원해줄 수밖에 없는 엄마는, 먼 땅 미국에 혈혈단신으로 공부하러 간 네 걱정에 하루도 두 다리 뻗고 잠을 잔 적이 없었다.

그곳에서 유 서방을 만나 서로 도움을 주고받으며 지낸다는 소식을 듣고 그제야 마음이 약간 놓였어, 엄마는 지금도 유 서방에게 고마운 마음이 가득하다. 유 서방이 돌아오고 혼자 남은 넌 얼마나 힘들었을까. 그래도 너는 혼자 남아 공부하고, 아르바이트하고, 이 집 저 집 옮겨 다니면서도 끝내 공부를 마치고 돌아왔어. 네가 고생한 걸 생각하면 엄마는 지금도 대견하고 기특하고 무엇보다 가슴이 아프다.

부모 곁에 와도 쉬지 못하고 바로 취직해 서울로 간 네게, 방 한 칸 마련해주지 못해 엄마 속이 많이 상했다. 결혼하고 직장 생활하며 수민이, 수린이 낳고 시댁 다니느라 일인 다역을 해야 했던 너는 이 세상에 여자로 태어나 겪어야 하는 모든 일을 꿋꿋하게 헤쳐나갔어. 임신하고 만삭이 될 때까지 일을 하다가 친정에 와서 해산하면서 네 마음이라도 편했으면 좋았으련만, 좁은 집에서 일하는 엄마 눈치 보느라 몸조리도 못하고 고생만 했겠지.

수민이를 시댁에 맡기고서 더 일을 많이 시키는 직장에 다시 취업을 하더구나. 남자들과 똑같이 일을 하면서, 주중 내내 유축기를 들고 출퇴근하다 주말에는 시댁에 가서 아이 보느라 쉬지도 못하고 다시 유축기를 들고 출근하던 너. 네가 안쓰러워 아빠와 엄마는 많이 울었어.

그렇게 세월은 가고 네가 건강을 잃어 직장을 그만두었을 때, 공부도 많이 했고 일도 열심히 했는데 내 딸 마음이 참 많이 서운하겠다 싶어서 엄마 마음이 아팠다. 하지만 그 어려움을 다 이겨내고 비로소 지금 네가 진짜 하고 싶었던 일을 하고 있구나. 장하다. 내 딸아.

수민이, 수린이, 유 서방과 너무나 소중한 내 딸 정은아. 힘들고 어려워도 자기 길을 가는 너희들이 엄마는 참 좋다. 너희들이 있어 고맙고 기쁘다. 사랑한다.

엄마가

Day 1

사춘기 때 꼭 해야 할 일

Day 2

엄마, 그때 나한테 왜 그랬어?

Day 3

나다운 게 좋아

Day 4

초경은 정말 싫어!

Day 5

내 몸의 주인은 나야

Day 6

엄마가 된다는 것

3부

사춘기
맞짱 뜨기

–몸과 마음이 커가는 딸에게

Day 1

사춘기 때 꼭 해야 할 일

후회하는 일 있나요?

"엄마, 사춘기 때 안 해서 후회하는 일 있어?"

큰아이는 오늘도 어김없이 생각할 거리를 한 아름 던져준다. 삼십 년도 더 지난 일을 떠올리자니 머리에서 삐걱삐걱 소리가 날 지경이다. 생각을 정리하는 사이, 아이가 다시 묻는다.

"엄마, 사춘기 때 해서 후회되는 일 있어?"

아이는 지금 엄마의 사춘기 때 모습이 궁금한 걸까? 후회하는 일을 알아서 뭐에 쓰려는 걸까? 난 이유나 한번 들어보자 싶었다.

"그게 왜 궁금해?"

"엄마가 해서 후회한 일은 안 하고, 안 해서 후회한 일은 하려고."

아하! 엄마를 반면교사로 삼겠다는 말. 아이는 어른의 스승이라더니, 이 아이 누굴 닮아 이렇게 똑똑한 걸까? 그것 참 기특한 생각이다.

"안 해서 후회하는 건 책을 많이 안 읽은 것, 해서 후회하는 건 학교 공부를 너무 열심히 한 것."

학교 공부를 열심히 한 걸 후회한다니. 아이는 영 믿을 수 없다는 눈치다.

"엄마, 잘못 말한 것 아냐? 안 해서 후회하는 게 학교 공부를 열심히 하지 않은 거고, 해서 후회하는 게 공부해야 할 시기에 책을 너무 많이 읽은 것 아냐?"

아이는 내 대답을 재차 확인했다. 이 아이 혹시 사춘기를 학교 공부만 하며 보내려는 걸까?

"아니야. 엄마가 제대로 대답한 거야. 학교 공부하느라 책을 놓은 건 엄마가 가장 후회하는 일이야. 그래서 지금 그때 못 읽은 책을 읽는 건지도 몰라."

아이는 여전히 이해가 안 된다는 듯 고개를 갸우뚱했다.

엄마가 보내는 편지

수민아, 요즘 들어 엄마가 너만 했을 때가 궁금하니? 수민이 덕분에 엄마는 엄마 어릴 때를 다시 돌아보게 됐어. 특히 사춘기를 되돌아보는 건 불혹의 나이를 보내는 엄마에게 참 의미 있는 일이더라. 질문해줘서 고마워.

사춘기 때 안 해서 후회하는 일이라면 수없이 많지. 책 많이 안 읽은 것, 친구 많이 못 사귄 것, 나만의 세계에 푹 빠져 보지 못한 것 등등. 엄만 학교 성적에 집착하느라 다른 소중한 것들을 놓치고 말았어. 일생일대의 시기를 엄만 왜 그렇게 보냈을까?

엄마가 초등학교 6학년이었을 때, 중학교 진학을 앞두고 반 편성 배치고사를 치러야 했어. 초등학교 6년, 전 과목의 전체 내용이 시험 범위인 무척 부담스러운 시험이었는데, 그 시험에서 엄만 입학할 중학교 전체 1등을 했어. 그래서 중학교 입학식 날 전교생 앞에서 학생 대표로 '학생 선언'을 하게 됐지. 선생님들은 엄마에게 큰 기대를 하셨어. 사실, 그때 딱 한 번 전교 1등을 하고선 두 번 다시 전교 1등을 하지 못했어. 늘 그 언저리를 맴돌면서 그 자리를 탈환하기 위해 노력했지만 말이야. 행복은 성적순이 아니라고 하지만, 매번 아슬아슬하게 전교 1등 자리를 놓친 엄만 스스로 만족하지 못해 불행했어. 전교 1등에 애가 닳았던 엄만, 교과서를 달달 외우는 데 사춘기 모든 열정을 쏟아부었어. 1초, 2초 시간 계산을 하며 1점, 2점 점수를 세는 데 그 중요한 시기의 열정을 다 써버린 거야. 월례고사를 잘 치르면 한 달 내내 기분이 우쭐했고, 중간고사와 기말고사를 잘 치르면 한 학기 내내 어깨에 힘이 들어갔어. 중학교 3년 내내 좋은 성적을 받았던 엄만 그땐 마치 대단한 존재라도 된 듯 착각했었어. 사실은 우물 안 개구리에 불과했는데 말이야.

사춘기에 꼭 해야 할 일이란 어떤 게 있을까? 사춘기의 과업이라면, '나'에게로 가는 길을 찾는 것 아닐까. 나만의 세계에 빠져 맘껏 허우적대보기, 세상에 없는 나만의 것 만들어보기, 나와 뜻이 맞는 친구 사귀기(엄친아 말고), 동아리를 만들어 작당 모의해보기, 상상하고 실험해보기, 깊이 있는 독서를 통해 사고력과 통찰력 기르기 등등 나를 찾는 데 도움이 될 만한 일들의 목록을 만들어 하나씩 해보는 거야.

얼마 전 신문에서 바이두 백과사전의 오류를 찾아낸 중학교 3학년 이시우 학생에 대한 기사를 봤어. 바이두 백과사전은 위키백과의 두 배 이상 규모로 세계 최대 중문 백과사전이래. 중국 여행을 다녀온 시우 학생 어머니께서 윤동주 시인의 생가에서 중국인 가이드가 윤동주 시인이 조선족이라고 하는 이야기를 들은 것이 계기가 되었대. 시우 학생이 바이두를 검색해보았더니, 실제로 윤동주 시인이 '중국인'으로 표기되어 있었던 거야. 반크에서 사이버 외교관으로 활동하는 시우 학생이 이를 반크에 알렸고, 반크는 바이두 백과사전 운영진에 정확한 정보를 알리고 수정을 요청하게 된 거지.

엄만 또 반크가 뭔지 궁금해서 찾아봤어. 반크는 '한국을 알고 싶어 하는 사람들에게 이메일을 통해 한국에 관한 정보를 알려주는 사이버 관광 가이드이자 사이버 외교 사절단'이래. 1999년에 외국 친구들과 교류할 수 있는 펜팔 사이트를 만든 대학생 오빠의 작은 시도가 현재 전국 초·중·고 학생들을 포함해 20만 명이나 활동하는 단체로 발전한 거래. 세계보건기구·유네스코 등 국제기구에 '일본해'의 '동해' 표기를 위한 항의 서한 및 시정 요구 메일을 보내는 등의 활동을 하고, 세상에 널리 알려지지 않은 독립운동가들의 활약상을 우리 청소년과 전 세계인에게 알리는 프로젝트를 진행하고 있다는구나. 정말 멋지지 않니?

《재난 시대 생존법》과 《생존의 달인 아웃도어 핸드북》을 들고 다니며 생존 기술을 익히는 데 푹 빠져 있는 수민이. 넌 물을 재사용하는 기술, 깨끗한 물을 얻는 방법, 대안 에너지를 얻는 방법을 찾아보고, 비상식량과 구급약, 맥가이버 칼처럼 한 가지 도구를 여러 가지 쓰임새로 활용할 수 있는 물건을 수집하고 있잖아. 실제로 국내에 1만 명의 프레퍼(생존 전문가)들이 활동하고 있다니, 서로 노하우를 공유하고 발전시킬 프레퍼 친구를 사귀는 것도 좋겠고, 한 발 더 들어가 태풍이나 지진과 같은 재난 위험 지역에 사는 친구들에게 생존 기술을 알리는 일을 해보는 것도 좋겠지. 엄마는 〈터널〉이라는 영화를 보면서 수민이가 완성한 '생존 팩'을 차에 싣고 다녀야겠다고 생각했어. 오지 탐험가가 꿈인 수민이와 잘 어울리는 너만의 세계를 찾아서 잘 가꿔나가는 모습이 진짜 멋지거든. 그런 너를 보니 공부에만 매달린 엄마가 후회된다는 거야.

사춘기에는 학교 공부를 하는 것 외 다른 많은 가능성을 열어놓아야 해. 눈앞의 성적표에 일희일비하지 않고 내 인생을 관통하는 한 가지 주제에 집중해야 돼. 그건 바로 우주가 나에게 준 질문, '나는 누구인가?'에 답하는 과정이야. 책을 읽고 생각을 해볼 시간, 친구를 사귀는 시간, 하고 싶은 걸 해보는 시간은 그냥 흘러가서 사라지는 게 아니거든. 그 시간들이 차곡차곡 쌓여 수민이를 이루는 고유한 무언가가 되는 거야. 자, 지금 진짜 해야 할 일을 놓치지 않길, 나중에 엄마처럼 후회하는 일 없길 바랄게.

♥수민이의 생존 팩

초등학교 5학년 어느 날의 장면이 아직도 생생하다. 엄마의 지인이 우리 집을 방문했다. 책을 팔러 오신 거였다.

아주머니께선 금성출판사 소년소녀 문고 소개 책자를 펼쳐놓고, 한 질 한 질 소개하셨다. 《주니어 세계문학전집》이 내 눈에 쏙 들어오는 순간, 난 한눈에 반해버렸고 엄마가 그걸 사주시길 간절히 바라며 곁에 앉아 있었다. 엄마도 내 마음을 알아차리셨는지 세계문학전집을 들었다 놨다 하셨다. 하지만 그 책은 소개받은 책 중에 가장 비쌌고 엄마는 여러 번 만지작하시고선 그 반값인 《주니어 추리 명작선》 한 질을 사주셨다.

나는 영 못마땅했지만 엄마의 주머니 사정을 잘 알고 있어서 입도 벙긋하지 못했다. 가슴 가득 세계문학전집에 대한 미련을 안은 채 추리소설만 반복해서 읽었던 거다. 애거서 크리스티와 아서 코넌 도일의 작품은 외울 정도로 읽었다. 세계문학전집을 사주지 못해 엄마 마음도 편치 않았던 걸까. 어느 날, 《계몽사 소년소녀 세계문학전집》 세트를 책장째 들여놓으셨다. 이 중고 책들은 얼마나 돌고 돌다 우리 집으로 온 건지 닳고 낡은 데다가 퀴퀴한 곰팡내까지 났다. 나는 그 냄새 나는 책들을 읽고 싶지 않았다.

나는 하루에 100원씩 용돈을 모아서 내 마음에 드는 책을 한 권씩 사기로 마음먹었다. 그 당시 학교 앞 서점에선 문고판 책 한 권이 삼천 원 정도였던 것 같다. 내 용돈을 모아서 산 첫 책이 괴테의 《파우스트》다. 생애 처음으로 내 돈으로 산 책이 너무나 좋아서, 늘 그 책을 옆구리에 끼고 다녔다.

겨우 열두 살 먹은 나는 왜 《파우스트》에 매료됐던 걸까? 《파우스트》는 괴테가 24세에 쓰기 시작해 82세에 완성한 필생의 역작으로, 신과 대등한 존재가 되려는 인간의 욕망과 갈등, 고뇌에 관해 쓴 작품이다. 어느덧 사춘기에 접어들자 여러 생각이 들었다. 인간으로서 나는 신처럼 완전한 존재가 될 수 없을 거라고, 아주 어릴 적 꿈이었던 '빈자의 어머니'이자 '자비의 아이콘'인 마더 테레사처럼 되진 못할 거라고, 또한 '하느님의 소녀'이자 '구국의 아이콘'인 잔 다르크처럼 되지도 못할 거라고. 사춘기를 맞은 소녀는 어릴 적 꿈과 결별하며, 신에 가까운 인간이 되려는 파우스트의 욕망과 좌절에 어느 정도 공감하지 않았을까.

열두 살 때처럼 쭉 책을 읽었다면 참 좋았을 텐데. 얼떨결에 전교 1등으로 중학교에 입학해 전교생 앞에서 '학생 선언'을 하는 바람에 나는 좋은 성적을 계속 유지해야 한다는 의무감과 책임감에 시달렸고, 나의 고전 읽기는 기약도 없이 미뤄지고 말았다. 이를 안타깝게 생각하셨던 담임 선생님께선 앙드레 지드의 《좁은 문》과 헤르만 헤세의 《지와 사랑》처럼 좋은 책들을 읽으라고 추천하시고, 심지어 책에 손편지까지 써서 선물해주시기도 했다. 그때 선생님 말씀을 들었다면 얼마나 좋았을까?

마흔이 넘어 문고판이 아닌 완역본 《파우스트》를 다시 읽는다. 사춘기를 지배했던 괴테의 문장을 다시 곱씹어본다. 신과 유사해지거나 대등해지려는 위대한 욕망을 걷어내고 인간으로서 가장 인간적인 삶을 살아가겠다던 열두 살 소녀는 이제 중년을 바라보며 파우스트적 방황을 기꺼이 받아들일 준비를 한다.

> 시인은 무엇으로 만인의 심금을 울리는 걸까요? 무엇으로 모든 원소를 이겨낼 수 있을까요? 그것은, 가슴속에서 솟아나와 온 세계를 다시 가슴속으로 이끌어들이는 조화의 힘이 아닐까요? 저 자연이 끝없이 긴 실오라기를 무심히 물레에 감아 돌릴 때, 모든 존재의 조화롭지 못한 무리들이 중구난방 역겨운 소리를 낼 때, 누가 이 단조롭게 흘러가는 대열에 생명을 불어넣어, 운율을 띠고 약동하게 만들겠어요? 누가 개개의 것을 골고루 성스럽게 하여 아름다운 화음을 이루게 하겠어요? 누가 폭풍우를 미친 듯한 열정으로 만들 것이며, 저녁노을이 의미 깊게 타오르도록 하겠어요? 누가 사랑하는 사람이 가는 길에 아름다운 봄

꽃을 뿌려줄 것이며, 누가 이름 모를 잎새들을 엮어 온갖 공적을 기리는 영예의 관을 만들겠어요? 누가 올림포스 산을 보전하고, 누가 제신들을 화합하게 하겠어요? 그것은, 시인 속에 현현되는 인간의 힘일 뿐이지요.

-괴테, 정서웅 옮김,《파우스트1》중에서

시를 갈망했던 사춘기 소녀를 다시 소환해《파우스트》속 시인의 대사를 소리 내어 읽는다. 그저 멀리서만 바라볼 뿐 학교 문예반 활동 한번 제대로 해보지 못했던 걸 후회하며. 불혹이 넘었지만 사춘기적 시에 대한 갈망과 문학에 대한 사랑이 아직 그대로 살아있음을 느낀다. 등단 시인이 아니면 어떠랴. 내 이름의 시집 한 권 없으면 어떠랴. 좋은 시를 못 쓴다 한들 또 어떠랴. 시가 흐르는 삶이면 충분하지 않을까? 남은 나의 삶이 한 편의 시가 되기를.

Day 2

엄마,
그때 나한테
왜 그랬어?

엄마 때문이야

"엄마 때문이야."

큰아이가 불만 가득한 눈으로 날 바라보며 말했다. 내가 뭘 그리 잘못했나? 요즘 네 눈치 보느라 전전긍긍 애를 쓰고 있는 사람이 정작 누군데? 주변 엄마들에게 조언을 구하고 사춘기 관련 책을 읽으며 엄마도 무진장 노력하고 있단 말이야. 소리를 버럭버럭 지르고 싶은 사람은 바로 나라고! 라는 말을 속으로 삼켰다. 난 엄마니까, 사춘기를 지나는 아이와 똑같이 화를 내며 싸울 수는 없으니까. 최대한 감정을 누르고 부드럽게 물었다.

"엄마가 무슨 잘못이라도 했니?"

큰아이가 말했다. 자신이 요즘 얼마나 힘든 시기를 보내고 있는지, 외롭고 두렵고 답답해서 미치고 팔짝 뛰겠다는 거다. 괴롭히는 친구도 없고 성적도 좋은 편인데 자신에게 이런 정서적인 혼란이 찾아오는 건 바로, '엄마 탓!'이란다. 어린 시절 자신을 내팽개쳐 놓았던 '엄마 때문'이라는 거다.

서울에 집 한 칸 마련하기 위해, 우리 부부는 맞벌이하느라 큰아이가 일곱 살, 작은아이가 세 살 때까지 아이들과 떨어져 지냈다. 아이의 큰 눈망울엔 나를 향한 원망이 가득 서려 있다. 이 아이는 지금, 내 가슴에 비수를 꽂듯 날 아프게 했던 말, "엄마 바꾸고 싶어!"를 외쳤던 일곱 살 어린 시절로 되돌아간 거다.

이건 순전히 아이의 의지로는 어찌할 수 없는 사춘기를 지배하는 호르몬의 영향일 터, 문득 소아정신과 전문의의 조언이 떠올랐다. 사춘기에 들어선 아이라면 누구나 유아기에 충족하지 못한 욕구들을 다시 문제 삼는다. 그걸 표현하느냐 하지 않느냐의 차이만 있을 뿐, 사춘기를 맞이하는 아이들의 특징이 그러하다는 거다.

인생의 첫 번째 재순환 과정을 맞은 큰아이는 어린 시절의 상처를 다시 끄집어냈다. 지난 5년간 아이가 태어나자마자 떨어져 지낸 그 긴 세월의 공백을 메우기 위해 나는 부단히 노력했다. 유아기에 제대로 만들지 못한 아이와 나 사이 애착을 형성하기 위해 '아이-감독', '나-배우'의 원칙을 지키며 자그마치 5년간 아이가 고른 책을 읽고 또 읽어주었다. 하지만 지금 처음으로 돌아가야 한다. 사춘기를 맞은 아이가 그걸 원하고 있다.

엄마가 보내는 편지

차를 타고 가다 보면 종종 만나게 되는 운전이 서툰 사람들. 주변 운전자들에게 미리 양해를 구하기 위해, 차 뒤에 '초보 운전'이라는 딱지를 붙여 놓곤 하지. 운전을 처음 시작한 사람이 서툴 듯, 수민이를 낳던 그 순간에 처음으로 엄마가 된 나도 서툰 '초보 엄마'였어. 엄마 뒤통수에 "초보 엄마를 조심하세요"라는 딱지를 붙여야 했을 거야.

이제 와 돌아보면 엄만 늘 바쁘게 살았으면서도 정작 내 마음을 들여다본 적이 없었어. 그저 남들이 가는 길을 갔고, 남들이 좋아하는 것이 좋은 것인 줄만 알았어. 부끄럽게도 여태 남들이 사는 대로 살아왔어. 그러니 인생에서도 엄마는 '초보'구나. 하지만 수민이를 낳고 키우면서 엄만 깨달은 게 참 많다. 매사 진지하게 고민하며 삶의 단계마다 주도적으로 판단하고 성찰하는 수민이를 지켜보면서, 매순간 자신의 마음을 들여다보고 치열하게 질문하는 수민이와 함께 같은 질문을 엄마에게도 던져보면서, 엄마는 비로소 스스로를 돌아보게 되었어. 수민이와 함께 엄마도 좀 더 성숙한 인간으로 성장하고 있구나.

엄마 어렸을 때 이야기를 들려줄게. 엄마도 외할머니의 부재로 힘든 시간을 보냈어. 엄마가 세 살, 이모가 여섯 살이었을 때 일이 아직도 눈앞에 선하다. 외할머니께선 어린 두 아이를 방에 가두어(?)놓고 일하러 다니셔야 했어. 온종일 방 안에만 갇혀있어야 했던 엄마는 답답하고 심심해서 기발한 놀잇거리들을 만들어내곤 했지. 방에 키 큰 서랍장이 하나 있었는데, 하루는 서랍장의 서랍들을 모조리 빼내 사다리처럼 만들었어. 세 살 엄마가 그 서랍장 사다리를 한 칸 한 칸 밟고 기어서 올라가기 시작했지. 키 큰 서랍장의 맨 마지막 칸을 밟는 순간, 세 살 아이의 무게를 이기지 못하고 그만 서랍장이 앞으로 쓰러지고 말았단다. 서랍장 위에 있었던 여러 가재도구들이 떨어져 방 안 곳곳으로 흩어졌고 심지어 유리 제품 몇 개는 깨져서 산산조각이 났어. 그리고 세 살 아이가 방바닥으로 추락하는 사고가 발생했지. 여섯 살 이모가 방에 연결된 베란다로 나가 지나가는 사람들에게 구조 요청을 했고, 한 청년이 119 구조대를 불러 밖에서 문을 열고 들어와 엄마와 이모를 구출하는 소동이 벌어졌어.

이번엔 초등학생 엄마의 이야기야. 방에서 혼자 낮잠을 자고 있던 엄마는 갑자기 숨을 쉴 수가 없었어. 눈을 떠보니까

방 안에 온통 연기가 가득한 거야. 불이 났나 싶어 엄마는 수건을 물로 적셔 코와 입을 막고 자세를 낮춰 집을 빠져나왔지. 집 밖에 나오고서야 그 흰 연기의 정체가 소독약이란 걸 알게 됐어. 그날은 일 년에 한 번 마을 전체를 소독하는 날이었는데, 엄만 그 연기를 맡고선 호흡 곤란을 느꼈던 거야. 집 안에 사는 온갖 해충을 죽이는 소독약이 사람에게 좋을 리 없다고 판단한 엄만 근처 소아과로 혼자 달려가 진료를 받았어. 어때? 그땐 위험천만한 사건이었지만 지금은 살아 돌아온 엄마의 모험담이 되었어.

초등학교 고학년 이후 사춘기에 접어들면서부터는 솔직히 엄마 없는 자유가 좋을 때가 많았어. 친구 집에 놀러 가서 그 집에 엄마가 계시면 친구가 막 부럽기도 했지만 부럽지 않을 때가 더 많았거든. 엄마의 틀에 무조건 맞추라는 잔소리 폭탄 친구 엄마를 볼 때나, 엄마의 권위가 마치 신성불가침의 권력이라도 되는 듯 아이를 쥐락펴락하는 친구 엄마를 볼 때, 또 못다 이룬 자신의 꿈을 아이가 대신 이루도록 강압하는 친구 엄마를 볼 때면, 그런 엄마라면 오히려 없는 게 더 낫겠다 싶었어.

엄마는 외할머니께 불만이 있는지 몰랐어. 하지만 수민이가 태어나고 한 번, 수린이가 태어나고 한 번, 엄마 인생에 딱 두 번 지금 네가 겪고 있는 사춘기 같은 재순환의 시기가 찾아왔어. 너희를 낳고 나서 엄만 산후 우울증을 겪었던 것 같아. 막 태어난 너희들에게 초유를 먹이면서, '어떻게 이렇게 여리고 약한 존재를 내버려두고 일을 할 수 있나? 돈을 벌러 나갈 수가 있나?' 하며 외할머니를 원망했어.

보호받아야 할 어린 자녀와 엄마 사이에 갈등이 있다면, 그건 백번 엄마의 잘못 맞아. 네가 네 삶의 오롯한 주인이 되기 전까지 네 맘이 다 풀릴 때까지 엄마는 진심으로 사과할 거야. "미안하다, 미안하다, 미안하다…." 하지만 어른이 돼서도 엄마를 원망하면 그땐 엄마도 몰라. 공지영 작가는 《딸에게 주는 레시피》에서 "어른이라는 것은 바로 어린 시절 그토록 부모에게 받고자 했던 그것을 스스로에게 주는 사람"이라고 하셨거든. 단, 네가 엄마가 된 순간만큼은 예외, 네가 아이를 낳고 상처받은 내면아이*를 맞닥뜨릴 그 순간만큼은 얼마든지 받아줄 거야. 외할머니도 그러셨으니까.

자기 아이를 지켜주고 싶지 않은 엄마가 세상에 있을까? 어린아이 곁에서 함께 있어주지 못하는 엄마가 있다면, 그 엄마에게 무슨 사정이 있는 걸 거야. 엄마를 둘러싼 여러 가지 문제, 신체적 · 정신적 · 사회적 · 경제적 문제 때문일 거야. 아이를 홀로 남겨둔 채 일을 해야만 했던 엄마의 심정을 상상할 수 있겠니?

엄마가 되어 되돌아보니, 엄마의 어린 시절에 외할머니의 부재로 겪은, 결코 좋은 경험이라고 할 수 없는 그 사건들이 꼭 나쁜 영향만 끼친 건 아니었더라. 엄마가 지금처럼 씩씩한 어른이 된 것도, 새로운 일에 도전하길 좋아하는 것도, 엄마의 어린 시절에 단련된 담력 때문이 아닐까? 실존주의 철학자 장 폴 사르트르는 "아버지가 아들에게 줄 수 있는 가장 큰 선물은 일찍 죽는 것"이라는 극단적인 말을 하기도 했어. 엄마의 어린 시절, 외할머니의 부재가 엄마에게 장점으로 작용한 부분도 분명 있는 것 같아.

엄마가 옆에 없어 외롭고 힘들었던 어린 시절의 기억이 떠올라 슬퍼진다면 일단은 마음껏 슬퍼하렴. 자신을 충분히 달래주자. 그다음엔 그 슬픔이 있었기에 나의 내면에 성장과 성숙이 이루어졌음도 인정해주자. 수민아, 삶의 문제를 깊게 고민해볼 수 있는 소중한 사춘기 시기에 더 많이 너를 들여다보고, 더 많은 질문을 던져 '나'라는 자아를 바로 세워나가렴. 지금처럼!

● '내면아이'란 우리가 태어났을 때의 본래 모습이자 타고난 인격이다. 가장 약하고 상처받기 쉬우며 감정을 우선시하는 '직감적인' 본능을 말한다.

다시 쓰는 일기

“엄마, 일이 좋아? 내가 좋아?”

“당연히 우리 정은이가 좋지.”

“그럼 엄마, 오늘은 일하러 가지 마.”

모녀는 아침마다 한판 실랑이를 벌였다. 초등학생이었던 나는 답을 빤히 알고 있는 유치한 질문들을 해가며, 일하러 가시려는 엄마를 붙잡고 놔주지 않았다. 말을 하게 되면서부터 초등학교 고학년까지, 나는 줄기차게 엄마를 괴롭혔다. 일하러 가지 말라고.

학교 마치고 집으로 돌아가는 길에 나는 매일 똑같은 마술적인 믿음에 휩싸이곤 했다. 초인종을 누르면 엄마가 활짝 웃으며 나를 반겨줄 거란 믿음, 아름다운 자수가 놓인 앞치마를 두른 엄마가 갓 만든 간식을 놓고 나를 기다리고 있을 거란 믿음, 걸핏하면 코피를 줄줄 쏟았던 나를 포근하게 감싸줄 담요 같은 엄마가 기다리고 있을 거란 믿음 말이다. 그 믿음은 매일같이 무산되었지만, 다음 날 하굣길에 다시 밀물처럼 밀려오곤 했다. 엄마는 내게 넘치는 사랑을 베풀어주셨지만, 어린 나에게 그 시간은 극히 짧았다. 매일 똑같은 꿈을 꾸는 내 소망과는 달리, 하루 종일 일을 하셨던 엄마는 이른 아침 집을 나서서 늦은 밤이 되어서야 돌아오셨다.

성인이 된 나는 엄마에 대한 불만이 내게 남아있는지 전혀 몰랐다. 큰아이를 낳았을 때는 처음 다가온 재순환이 낯설어 혼자 끙끙 앓으며 보냈다. 하지만 작은아이를 낳은 직후에는 엄마에 대한 분노가 한꺼번에 폭발해버렸다. 갓난아이를 보러 병원에 오신 엄마에게 폭풍 분노를 쏟아낸 것이다.

"엄마, 어떻게 어린아이를 그렇게 방치할 수 있었어?"

"난 몸도 많이 아팠잖아. 그때 엄마 도움이 절실했다고!"

"엄마는 늘 일보다 내가 좋다고 말했지만, 진심은 그게 아니었잖아? 일, 아니 돈이 더 좋았던 거잖아!"

아이를 낳아 엄마가 되는 순간, 원하건 원하지 않건 내면에 존재하는 내면아이를 대면할 기회를 맞닥뜨리게 된다. 그날 초대하지 않은 내면아이의 갑작스런 출현에, 나도 엄마도 할 말을 잃고 말았다. 엄마는 한마디 말씀도 없이 나가셨다. 그리고 한 시간쯤 후에 내가 좋아하는 미더덕을 한 상자 사 들고 돌아오셨다. 우리는 아무 말 없이 미더덕을 맛있게 먹었다. 엄마는 딸이 가장 좋아하는 음식을 주는 것으로 딸에 대한 한결같은 사랑을 표현한 것이리라. 하지만 나는 벼락같은 내 질문 공세에 아무런 대답 없는 엄마가 답답하기만 했다.

그 일이 있고 나서 아버지가 위암 통보를 받으셨다. 그때 엄마는 죽음에 대해 진지하게 생각하셨나 보다. 아버지의 위암 수술이 끝나고, 엄마와 나는 단둘이 강화도로 여행을 갔다. 그곳에서 우리는 밤을 꼴딱 새우며 사실과 진실에 대해 모든 오해가 다 풀릴 때까지 이야기를 나누었다. 그동안 이해하지 못하고 쌓아두었던 질문에 대한 해답을 찾을 수 있었다. 엄마도 나도 모든 것이 개운해질 때까지 이야기하고 또 이야기했다. 엄마는 지금도 인생에서 가장 행복했던 여행으로 나와 함께한 강화도 여행을 꼽으신다. 그때 그 일이 없었더라면 난 마음속 깊숙이 자리 잡고 있는 어릴 적 해결되지 않은 욕구들 때문에, 아직도 힘들어하고 있을지 모른다.

16세가 넘으면 타인을 이해할 수 있다고 했던가? 하지만 철없는 나는 결혼하고 아이를 둘이나 낳고도 한참이 지나, 큰아이가 사춘기를 맞고서야 엄마를 겨우 조금 이해하게 되었다. 이제 막 인생의 첫 재순환의 시기를 맞은 큰아이. 날 원망하는 아이가 자신의 내면아이를 보살피는 과정을 지켜보며 난 우리 엄마를 더 이해하게 되겠지. 또, 내가 엄마를 이해하는 과정을 가까이에서 지켜보며 아이는 날 더 이해하게 되겠지. 그러니 나부터 엄마 탓은 이제 그만!

엄마와 딸

♥ 어릴 적 엄마와 나

♥ 나와 우리 딸

"엄마가 할머니가 되고, 딸이 엄마가 되어서야
'엄마'라는 존재를 조금 알아가고 있다.
모녀 관계에서 우리가 좀 더 깊어질 수 있었던 건
둘 다 '엄마'이기 때문에 느끼는 동질감이
생겨서다. 내겐 그게 참 소중하다."

Day 3

나다운 게 좋아

언니다워야 한다 vs 동생다워야 한다

여름방학 동안 할머니 댁을 다녀온 아이들이 물었다.

"엄마, 나 언니니까 언니다워야 해?"

"엄마, 나 동생이니까 동생다워야 해?"

여태 두 아이를 키우면서 '언니다워야 한다', '동생다워야 한다'라고 말한 적이 없었는데, 이 아이들이 지금 무슨 소리를 하는 걸까?

"언니답다는 게 무슨 말이야?"

큰아이는 사정을 털어놓았다. 할머니 댁에서 둘이 놀다가 수민이가 수린이 때문에 속상해서 울고 있는 걸 보고 할머니께서 한 말씀하신 모양이었다. 언니가 언니답지 않고 동생이 동생답지 않아서 문제가 생긴다고. 큰아이가 언니다운 게 어떤 건지 할머니께 여쭤봤더니, 언니라면, 동생이 언니를 만만하게 대하지 못하도록 언니의 권위를 내세워야 한다고 하셨단다. 그래서 언니의 권위를 내세우는 게 어떤 건지 다시 여쭤봤더니, 동생이 언니 말을 안 들으면 회초리를 들어서라도 언니 말을 듣게 하는 거라고 하셨다는 거다. 언니가 언니답지 못하다는 이유로 큰아이는 "네 살이나 많다는 인니가, 쯧쯧" 하는 말까지 들었다고 했다.

결혼 초, 어머니께서 강조하셨던 말씀이 떠올랐다. 남자가 할 일이 따로 있고 여자가 할 일이 따로 있으니, 남편은 남편답게 아내는 아내답게 행동해야 가정에 질서가 잡힌다는 말씀, 시어머니는 시어머니지 엄마가 아니니, 며느리가 딸인 것처럼 편하게 대할 생각은 하지 말라고 하셨던 말씀, 장남 가족이 잘 살아야 대가족의 화합이 이루어지니 명심하라는 말씀 등등. 그때 그 말씀을 듣는 순간, 딸답게 아내답게 며느리답게 엄마답게 시어머니답게 한평생을 살아온 한 여인의 삶이 내 눈앞에 병풍처럼 펼쳐졌다. 누구누구다워야 한다는 당위성 명제들로 가득한 삶은 얼마나 고단했을까?

"언니다워야 한다는 거 수민이는 어떻게 생각해?"

"난 그냥 나다운 게 좋아."

"동생다워야 한다는 거, 수린이는 어떻게 생각해?"

"난 싫어. 그건 남녀 차별이랑 같은 거잖아. 자매 차별이잖아."

자기 생각을 당당하게 말하는 아이들 머리를 쓱쓱 쓰다듬어 주려고 하는 순간, 큰아이가 눈을 동그랗게 뜨고 다시 물었다.

"근데 엄마, 할머니 말씀이니까 그냥 들어야 하지 않을까?"

엄마가 보내는 편지

수민아, 네 생각과 할머니 생각이 달라서 혼란스럽지. 내 생각과 다른 사람의 생각이 다를 때 어떻게 해야 할까? 다른 사람이 내 또래가 아니라, 엄마나 아빠, 할머니, 할아버지, 선생님처럼 어른이라면? 혹은 학급, 학교, 직장, 국가처럼 여러 사람으로 이루어진 조직이라면? 내 생각과 행동의 결정권은 누구에게 있을까?

엄마는 자라면서 누구누구다워야 한다거나 무엇을 어떻게 해야 한다는 말을 들어본 적이 많지 않았어. 그래서 너희에게 '언니다워야 한다', '동생다워야 한다'는 주문을 한 적도 없구나. 엄만 언니라고 꼭 언니다워야 하고, 동생이라고 꼭 동생다워야 한다고 생각하지 않아. 언니든 동생이든 내가 지향하는 삶을 잘 살아갈 수 있게 충분히 '나'다우면 된다고 생각해.

엄마가 초등학교 4학년 때 친했던 친구가 떠오르는구나. 그 친구는 평소 단정하고 공손해서 동네 어른들의 칭찬을 독차지했어. 옷차림도 말투도 텔레비전 속 뉴스를 진행하는 아나운서 같았거든. 엄마는 친구의 그런 점이 부러웠어.

"우리 엄마도 너희 엄마 같았으면 좋겠다!"

그 친구가 우리 집에 놀러 와서 했던 말이야. 그날따라 외할머니께선 일을 일찍 끝내고 오셨는데, 양손에 계몽사의 《최신 컬러 학습 대백과》 10권 세트를 들고 계셨어.

"얘들아, 이게 뭔지 아니? 백과사전이라는 거야."

외할머니께선 신이 난 아이처럼 말씀하셨지만,

"에이, 난 백과사전은 별론데."

예나 지금이나 이야기책을 좋아하는 엄마는 실망한 기색을 여과 없이 드러냈어. 그러자 옆에 있던 엄마 친구는 놀란 기색이 역력했지. 어떻게 엄마에게 솔직한 마음을 그대로 내보일 수 있냐며 내 옆구리를 쿡쿡 찔러댔어. 그때 외할머니께선 마당 한구석에 핀 잡초를 가리키며 물어보셨어.

"얘들아, 저 풀이름이 뭔지 아니? 이럴 때 백과사전을 찾아보면 돼. 먼저 식물 편을 펼쳐 똑같은 사진을 찾는 거야. '지면패랭이'라는 꽃이구나. 음, 곧 붉은 꽃을 피울 거래."

잡초인줄만 알았던 이름 모를 풀이 꽃을 피운다니, 호기심이 발동한 우리는 그날 오후 내내 마당에 자라고 있는 풀이름을 찾으면서 놀았어. 이야기책만큼은 아니지만 백과사전도 나름 재미가 있다는 걸 알게 됐지.

다음 날은 엄마가 그 친구네 집으로 놀러갔는데, 그 친구 엄만 대문 앞에 서서 친구를 보자마자 폭풍 잔소리를 퍼붓기 시작했어. 멀리서 오는 걸 보고 있었는데 걸음걸이가 얌전하지 않더라, 길거리에서 친구와 수다 떠는 건 어디서 배웠느냐, 아침에 입고 나간 옷이 왜 이 꼴이 되었냐, 동네 어른이 지나가시는데 친구에게 정신이 팔려 인사도 제대로 안 하더라, 너 때문에 엄마가 창피하게 생겼다, 숙제 다 하기 전에 놀 생각은 하지도 마라, 한자리에 꼼짝 않고 서서 한 시간이 넘도록 잔소리를 들었어. 그다음은 엄마 차례였어. 친구 엄마가 무슨 질문을 하셨는데, 엄만 이미 머릿속이 하얘져서 아무 대답도 나오지 않는 거야. 친구가 옆에서 또 옆구리를 쿡쿡 찔러댔어. 그건 그 분이 원하는 답을 미리 알아내어 대답해야 한다는 신호였지.

쇠로 만든 침대에 눕혀 침대 길이보다 짧으면 다리를 잡아 늘이고 길면 잘라버렸다는 그리스 신화 속 프로크루스테스의 침대 이야기처럼, 그 친구는 엄마가 정한 기준에 무조건 따랐던 거야. 그래서 단정하고 공손한 아이가 될 수 있었고, 동네 어른들의 칭찬을 받은 거였지. 그날 엄만, 내 생각과 감정을 자유롭게 표현하고 그것을 인정받는 것이 얼마나 소중한 건지 깨달았다. 더는 그 친구가 부럽지 않았어.

수박의 상품화를 위해 일본에서 개발했다는 네모난 수박

을 본 적이 있어. 보관하기 좋고 껍질을 자르기에도 편리하다는 이유로, 과실이 성숙하기 전에 네모난 틀에 가두어 키운 수박 말이야. 동그란 수박이 네모난 수박이 되기 위해선 1톤 이상의 엄청난 압력을 견뎌내야 한다는데, 부모의 틀에 갇힌 자녀가 거기에 자신을 맞추려면 그보다 더한 억압과 통제를 견뎌야겠지. 자녀란 그 자체로 존중받아야 할 우주의 산물이지, 부모가 가공하여 내다 팔 상품이 아닌데, 네모난 수박처럼 자녀를 반듯하게 만들어야 할 이유가 있을까? 그건 한 인간의 존엄성과 자유정신을 헤치는 일이야.

"진짜 들어가기 싫다."

오늘 중학생 두세 명이 아파트 입구에서 집에 들어가지 못하고 서성이는 모습을 봤다. 그 언니들은 왜 집에 들어가기 싫을까? 집에 억압하고 통제하는 부모가 있어서가 아닐까? 그 압력에 대한 반작용으로 거리에서 방황하진 않았을까?

딱 그 언니들만 했을 때 엄마도 혼란스러웠어. 뭘 어떻게 생각하고 행동해야 할지 도무지 알 수가 없었거든. 게다가 엄마를 둘러싼 부모님, 선생님, 친구 등이 내뱉는 말 한마디 한마디에 영향을 받았어. 부모님의 바람대로 생각을 바꾸기도 하고 선생님의 조언대로 행동해보기도 했어. 좋아하는 친구를 무작정 따라 해보기도 했고 말이야. 하지만 나를 바꾸면 바꿀수록 영 나답지 않은 방향으로 가는 것 같았지. 한 가지 헷갈리지 않는 방법을 알려줄게. 누군가 나에게 조언을 한다면 그 사람의 삶이 어떤지 한번 지켜보는 거야. 그 삶이 내가 살아보고 싶을 정도로 멋지다면 따르면 돼. 하지만 내 삶의 방향성과 거리가 멀다면 내 중심을 지키는 쪽을 선택해야 해. 누구도 내 삶을 대신 살아줄 수 없으니까.

사춘기는 나다운 것이 어떤 건지 알아가는 시기란다. 내 생각과 내 행동의 결정권은 바로 나에게 있다. 물론 그 결정에 대한 책임도 나에게 있다. 삶 속에서 내 생각과 다른 생각들을 수도 없이 만나게 될 거야. 그럴 때, 다른 사람의 생각에 충분히 납득이 간다면 그 생각을 받아들여야겠지. 하지만 다른 사람이 권위를 내세워 자신의 생각을 강요할 땐, 그 권위에 무조건 따르지 말고 일단은 비판적으로 바라보렴. 이미 만들어진 틀에 날 맞추지 말고 뒤집어서 생각해봐. 내 생각을 무조건 우기라는 말이 아니라, 이렇게 생각해보고 저렇게 생각해보고 아무리 생각해봐도 내 생각이 옳다고 느낀다면 끝까지 밀고 나가길 바라. 수민이는 수민이답고 수린이는 수린이답게!

다시 쓰는 일기

수민이가 일곱 살, 수린이가 세 살, 우리 네 식구가 막 함께 살게 되었을 때의 일이다. 우리 부부는 두 아이를 어떻게 잘 키울지를 의논하다가 자연스레 각자의 어린 시절 이야기를 하게 되었다.

"어렸을 때 엄마한테 회초리로 맞은 적 있었어?"

"아니, 단 한 번도."

"난 중학생일 때까지 종아리 맞고 자랐어."

"왜?"

"내가 맞을 짓을 했거든."

"말도 안 돼. 세상에 '맞을 짓'이란 건 없어."

태어나 십수 년 간 매를 맞아 온 아이를 상상하니 가슴이 아팠다. 그런데 남편 생각은 달랐다. 아이를 잘 키우기 위해선 먼저 괜찮은 회초리부터 장만해야 한다는 거였다.

"다른 건 몰라도 회초리는 절대 안 돼."

"난 내 아이들을 착하고 예의 바르게 키울 거야. 그러려면 회초리가 필요해."

나는 반대했고 남편은 고집을 부렸다. 기가 막혔다. '맞을 짓'이라고 폭력을 정당화하는 것도 모자라 회초리를 신봉하다니. 회초리가 과연 자녀 교육에 효과가 있는 건가? 나는 진심으로 궁금해졌다.

"회초리 맞은 게 자기 인생에 긍정적인 영향을 미쳤다고 생각해?"

"응, 내가 지금처럼 반듯하게 자랄 수 있었던 건 어머니의 회초리 덕분이야. 그게 아니었다면 난 아마 한 마리 짐승이 되어 있을지도 몰라. 아이들은 팡팡 맞고 자라야 돼."

이것은 체벌의 대물림! 부모가 서로 양육 방식이 다르면 아이는 더욱 큰 혼란을 겪을 터, 우리 부부는 먼저 양육 방식부터 맞추어야 했다. 하지만 내가 백번 양보한다고 해도 회초리를 허용할 수는 없었다. 아이는 꽃으로라도 때리지 말라고 하건만, 난 더욱 설득력 있게 밀어붙여야 했다.

"부모가 자녀에게 착해야 한다, 예의 발라야 한다, 반듯해야 한다고 강요하는 건 거짓 자아를 만들어주는 일이야."

"…?"

"부모로서 우리가 해야 할 일은, 아이의 타고난 모습 그대로를 받아들이는 것, 아이가 진정한 자아를 찾아갈 수 있도록 길을 열어주는 것뿐이야. 부모가 회초리를 들고 자녀를 재단하는 게 아니라, 부모라면 자기 삶을 충실히 살아냄으로써 자녀에게 모범을 보여야지. 아이들이 스스로 잘 자라길 믿고 기다려야 한다고."

'매는 절대 안 돼!'라는 태도를 고수하는 것도 대물림일 터, 나 또한 스스로 돌아봐야 했다.

엄마는 나를 키우는 동안 왜 매를 들지 않았을까? 모녀 간 생각이나 욕구가 달라서 갈등이 불가피한 경우에도 엄마는 강요하거나 억압한 적이 없었다. "네 생각은 어때?"라고 먼저 물어봐주셨고, 내 주장이 크게 어긋나지 않을 땐 대부분 허용해주셨다. 물론 내가 미숙하거나 경솔한 해결책을 제시할 때가 많았지만, 그 자리에서 바로 "안 돼"라고 말씀하진 않으셨다. 정말 아니다 싶을 땐 엄마는 말로 하지 않고 편지를 써주셨다. 편지를 써서 내가 좋아하는 반찬과 함께 도시락에 쏙 끼워두시는 거다. 지금 생각해보면 이건 완전 고수의 육아법! 좋아하는 음식을 먹으면서 엄마의 편지를 읽으면 웬만하면 엄마 말씀을 듣고 행동으로 옮기게 되어 있다. 그래, 회초리가 아니라 편지다!

일상의 곳곳에서 들리는 부모의 목소리 "안 돼", "하지 마", "그만 해" 등 사소하고 빈번하게 내뱉는 이 부정적인 말들. 나도 머리로는 아니라고 생각하지만 입에선 나와버리고 마는 경우가 많다. 이 말이 아이들의 자율성과 창조성을 헤칠 뿐 아니라, 아이를 부모의 틀 안에 가두는 말임을 다시 상기하자. 아이가 어려서 스스로 생각하는 힘이 아직 부족하다면 "안 돼"라고 말하기보다 부모가 먼저 몇 가지 대안을 제시해주고 아이가 직접 고를 수 있게끔 다양성과 주도성의 길을 열어주도록 노력해야겠지.

매를 맞고 자랐건 맞지 않고 자랐건, 지금 부모가 되었다면 내 아이를 키우면서 다시 한번 유년기를 누릴 특권을 얻게 된다. 자신의 진정한 자아를 찾을 소중한 기회를 다시 얻은 것이다. 불과 5년 전, 아이는 맞을 짓을 하는 게 당연하고 부모가 매를 들어야만 아이를 제대로 키울 수 있다고 주장했던 남편은, 두 번째 유년기를 맞아 사춘기를 맞은 큰아이와 자아 탐색 중인 작은아이와 함께 진정한 자아를 찾아가고 있다. 그의 손엔 회초리 대신 두 아이에게 편지를 쓸 펜이 들려있다.

Day 4

초경은
정말 싫어!

남자애들은 좋겠다

"엄마, 월경은 꼭 해야 하는 거야? 안 할 순 없는 거야?"

내가 고개를 끄덕이자 얼굴을 잔뜩 찡그리고 큰아이가 말했다.

"난 평생 탐험하면서 살 건데 월경이 왜 필요해? 월경을 시작하면 매달 한 번씩 해야 한다면서? 앞으로 사십 년이나 더? 한 달에 사나흘에서 일주일이나 피를 흘리면서 보내야 하는 거야? 난 정말 싫어. 그런 번거로운 몸으로 어떻게 미지의 세계를 탐험해? 지도 밖 오지에서 생리대를 처리하는 건 상상이 안 돼. 생리통은 또 어쩌고? 배랑 허리가 끊어질 듯 아프기도 하다면서? 생각만 해도 정말 싫어!

게다가 초경 이후엔 가슴도 커진다면서? 어휴! 끔찍해. 귀찮게 시리 가슴에 살덩어리 두 쪽을 달고 평생 살라고? 영화 〈라이프 오브 파이〉에서 파이가 바다 한복판에 있을 때 윗옷 벗고 있잖아. 나도 배 타고 바다를 항해할 땐 윗옷을 벗어서 허리에 묶고 싶다고. 이글이글 타오르는 태양 아래서 바닷바람을 온몸으로 맞고 싶단 말이야. 노 저을 때 가슴이 덜렁거리면 얼마나 불편할까? 난 가슴 나오는 거 정말 싫어!"

"그래. 수민아, 엄마도 그래. 매달 번거롭고 불편해."

맞장구쳤더니 아이는 한숨을 팍팍 쉬었다.

"남자애들은 좋겠다. 월경 안 하니까!"

초경을 기다리는 시간

초경 이야기만 나오면 싫다고 길길이 날뛰던 아이가 오늘은 웬일로 먼저 다가와 묻는다.

"엄마는 초경 언제 했어?"

"초등학교 6학년 때 했지."

난 눈길도 한번 안 주고 무심한 척 대답했다.

"어 그럼, 난 5학년 때 하겠네. 앗, 지금이잖아!"

아이는 그걸 어떻게 알았을까? 물어봤더니 학교 보건 수업 시간에 배웠단다. 내가 어렸을 때보다 지금 아이들의 영양 상태가 훨씬 좋기 때문에, 엄마의 초경 나이에서 한 살을 뺀 나이에 딸이 초경을 시작한다고 보면 된다는 거다. 정확하지는 않아도 얼추 맞아떨어질 거란다.

"와! 학교에서 그런 것도 알려주는구나."

난 새삼 초등학교 교과과정에 신뢰가 생겼다. 나 어릴 땐 어땠지? 여자아이들끼리 쉬쉬하며 초경 정보를 자급자족하지 않았나? 남자아이들의 짓궂은 장난 때문에 진땀 뺐던 기억이 떠올랐다. 월경하는 여자아이들을 놀렸던 남자아이들. 무지와 무례, 성희롱을 넘나들던 그들의 횡포가 떠오른 거다.

"그, 그런데, 그 수업 남자 친구들도 함께 듣는 거야?"

이런 시대착오적인 질문이라니! 엄만 당연한 걸 왜 물어보나 하는 눈치다. 월경하는 여자 친구를 놀리는 아이가 있다면 엄하게 벌준다니, 거참 다행이다 싶었다.

"엄마, 초경할 때 많이 아파?"

"응, 엄만 허리가 많이 아팠어. 자궁이 허리 쪽으로 기울어져 있어서 그렇대."

"음, 난 엄마를 닮았을 테니까 나도 허리가 아프겠네."

불현듯 떠오른 초경의 낯설고 유쾌하지 않은 기억, 곧 맞이할 큰아이가 내심 안쓰러웠다.

"엄마, 학교에서 초경 하면 좋은 점도 있어."

학교에서 초경을 하면 보건 선생님께서 축하한다는 말씀과 함께 '초경 선물'을 주신단다.

"여자라서 좋은 점도 있네. 남자애들이 학교에서 몽정한다고 '몽정 선물'을 주진 않잖아? 하하!"

아이는 꼭 학교에서 초경을 맞았으면 좋겠다고 했다. 두려움에서 기다림으로, 아이의 변화를 지켜보며 나도 따라 웃었다.

"곧 맞이할 수민이의 초경을 기대하며
엄마 '초경 가방'을 준비했어.
그날이 불시에 찾아오더라도
그 옛날 엄마처럼 당황하는 일이 없도록 말이야."

엄마가 보내는 편지

곧 초경을 맞이할 수민이에게.

오래전 어느 날이 떠오르는구나. 초등학생 엄마에게 초경이 찾아온 날 말이야. 준비 되어 있지 않은 엄만 무척 당황했어. 엄마도 외할머니나 이모처럼 중학생이 되고서나 월경이 시작될 줄 알았거든. 곧 맞이할 수민이의 초경을 기대하며 엄만 '초경 가방'을 준비했어. 그날이 불시에 찾아오더라도 그 옛날 엄마처럼 당황하는 일이 없도록 말이야.

초경 가방 안에 생리대, 여벌의 속옷, 팬티라이너를 넣었어. 잠잘 때 뒤척여도 이불을 물들이는 일이 없도록 팬티형 생리대도 몇 장 넣어두었다. 조그만 손지갑 안엔 생리대가 몇 개 들어있으니까 그건 책가방 안쪽 주머니 속에 넣어놓으렴. 생리통이 올 때를 대비해 진통제도 몇 알 넣었어. 그리고 월경한 날을 기록해둘 작은 다이어리도 챙겼어. 매달 월경을 시작한 날을 표시해두면 내 몸 상태를 파악하는 데 도움이 돼. 참, 책 한 권도 있단다. 여성 100명의 초경 이야기를 담은《마이 리틀 레드북》이야. 낄낄대며 읽다 보면 어느새 초경과 굉장히 친해진 기분이 들 거야. 자, 이제 초경이 찾아와도 끄떡없겠지?

엄마의 초경은 무려 보름이나 계속됐어. 징글징글하고도 지긋지긋했던 날들이었지! 보통 3~7일 정도 한다고들 하는데, 엄만 보름이나 하고도 2주 지나 또 보름을 했으니, 몸속에 있는 피가 죄다 빠져나가는 건 아닌지 걱정스럽기까지 했어. 그렇게 세 번의 긴 월경을 하고 나서 중학생이 됐지. 엄마의 월경 주기가 28일, 한 번 할 때 5일 정도 하는 것으로 고정되기까지 시간이 꽤 걸렸어.

엄만 초경을 하고 나서 벌써 삼십 년이나 월경을 해왔구나. 한 달에 한 번 5일이면, 일 년에 60일, 십 년에 600일, 삼십 년이면 1800일, 피를 흘리며 살았던 시간을 더해보니 5년의 세월이구나. 평균 폐경 나이인 쉰까지 월경을 한다고 예상하면, 평생 대략 7년 동안 생리 중인 채로 보내게 되는 셈이네. 꽤 긴 시간이지? 그 시간을 어떻게 보내면 좋을까?

엄만 월경할 때가 다가오면 온몸이 축 처지고 기분이 가라앉고 괜히 슬프고 불안해졌어. 가까이 있는 사람에게 짜증을 내거나 싸움을 걸기도 했지. 졸릴 때 한바탕 보채야만 잠이 드는 갓난아기처럼, 이 증상은 월경하기 일주일 전이면 어김없이 찾아왔어. 엄마 가장 가까이에서 그 피해를 고스란히 입은 사람이 바로 네 아빠였지. 원인을 알 수 없는 생짜증을 한 바가지 쏟아붓고 난 후엔 으레 속옷에 피가 맺혀 있곤 했는데, 매번 "또 너냐?" 싶었어. 마흔이 넘어 대략 300번의 월경을 하고 난 후에야 비로소 이런 생각이 들더라. '언제까지 월경전 증후군의 지배를 받을 텐가?'

엄만 월경전 증후군을 극복해보자 결심했어. 월경 주기를 체크하고 월경하기 일주일 전에는 마음 단속을 했지. 나 자신을 바라보는 또 다른 내가 되어 날 관찰했어. 슬금슬금 올라오는 우울과 짜증을 좋은 음악으로 다스려보기도 하고, 평소 보고 싶었던 영화를 보면서 기분 전환을 하기도 했어. 칼로리 폭탄 초콜릿 무스 케이크나 초콜릿 퍼지 아이스크림, 진하게 내린 에스프레소를 바닐라 아이스크림에 뿌려 먹는 아포가토를 그날만큼은 칼로리 계산하지 않고 먹어주기로 했지. 무엇보다 허리가 아플 땐 모든 것을 내려놓고 쉬기로, 월경 중 가장 힘든 날인 이틀째 날은 아무 일도 하지 않는 날로 정했어. 그랬더니 월경전 증후군이 스르륵 사라지더라. 싫기만 했던 월경이 이젠 좀 할 만해졌어.

수민이는 이제 곧 몸의 변화를 겪게 될 거야. 키가 더 크고 몸무게도 늘겠지. 초경을 하면 가슴과 엉덩이가 커질 거야. 사춘기에 몸이 달라지는 건 여성으로서 아기를 만들 수 있게 몸이 성숙해지는 거야. 갑작스런 몸의 변화 때문에 당황스럽기도 하고 스트레스를 받기도 하겠지만, 몸이 변한다는 건, 나무가 자라 싹을 틔우고 꽃을 피우는 것처럼 자연스러운 일이야. 엄마가 너만 했을 때 갑자기 볼록 나온 가슴이 어색하고 싫어서 척추가 휠 정도로 구부정한 자세로 어떻게든 가슴이 드러나지 않게 하느라 애를 썼는데, 이후에 나쁜 자세가 척추 건강에 무리를 주어 두고두고 후회했단다. 네 몸의 변화를 자연스럽게 받아들여주렴.

월경이 싫다면, 다음 달 다시 돌아올 그날이 끔찍하다면, 그 고난의 날들 동안만큼은 나를 위해 시간을 써보자. 맛있는 것을 먹고 산책도 하면서 말이야. 수민이와 수린이, 너희들이 있기에 사실 엄만 월경이 용서된다. 이 심정, 너희가 엄마가 되면 알려나?

다시 쓰는 일기

열세 살 여름의 끝자락, 유난히 후덥지근한 날이었다. 몸에서 시큼한 땀 냄새가 났고, 배 속에선 맷돌이 돌아가는 듯 장기들이 서로 부딪쳐 찌그덕찌그덕 고통의 소리를 토해냈다. 엄마는 열일곱 살에 초경을 했다고 했고, 언니는 중학생이 되고서 초경을 했기 때문에, 나도 늦게 할 줄 알았다. 6학년, 아직은 초등학생인 내가 초경을 하게 될 줄은 꿈에도 몰랐다. 짙은 자주색 반바지를 입고 있어서 얼마나 다행이었는지!

"언니, 나 그거 하나만 줘."

"그게 왜 필요한데?"

뭐든지 내 몫을 더 챙겨주던 언니였지만 생리대에 있어서만큼은 그렇게 짤 수가 없었다.

"나 지금 바지가 다 젖을 지경이란 말이야."

거의 울상이 되어 말했더니 '초등학생인 네가 벌써?' 언니는 못 믿겠다는 듯 의심 가득한 얼굴로 생리대 하나를 던져주었다.

"어떻게 하는지는 알고 있어?"

"당연하지!"

큰소리는 쳤지만 난생처음 본 생리대를 어떻게 사용하는지 알 리 없었다. 난 온갖 상식을 동원해 파스와 밴드, 반창고를 환부에 대고 붙이는 것처럼 생리대도 피가 흐르는 환부(?)에 붙이면 되겠지 싶었다. 호기롭게 떡하니 붙였는데 영 불편했다. 안 되겠다 싶어 언니에게 도움을 요청했다.

"언니, 한번 봐 줘."

언니는 들여다보고선 얼굴이 새빨개지도록 웃어젖혔다. 심지어는 가슴을 치고 발을 동동 구르며 웃는 건지 우는 건지 연신 눈물을 닦아내는 것이었다.

"왜? 뭐가 문젠데?"

그렇게 알게 되었다. 생리대는 환부가 아니라 속옷에 붙인다는 사실을.

딴에는 아닌 척 신경을 곤두세웠지만 핏기가 가신 창백한 낯빛과 불안 가득 아슬아슬한 표정, 뒤뚱뒤뚱 어색한 오리걸음과 며칠째 짙은 자주색 반바지를 고집하는 나는 누가 봐도 온몸으로 초경을 치르는 중이었다.

"너, 시작했구나."

"응."

"난 지난달부터."

알아보고 먼저 말 걸어준 친구의 초경 고백 덕분에 우린 단번에 절친이 되었다. 그날이 되면 우린 서로 뒷모습을 확인해주고, 천천히 시간을 들여 볼일을 보라고 화장실까지 따라와 줄을 서주는 의리를 발휘했다. 호기심 많은 남자아이들이 눈치 채고 짓궂은 장난이라도 걸라치면 훠이훠이 두 손을 내저으며 월경을 치르는 친구를 보호해주었던 거다. 초등학교에서의 마지막 학기는 그렇게 지나갔다.

Day 5

내 몸의 주인은 나야

자위가 뭐야?

"엄마, 자위가 뭐야?"

작은아이의 예상치 못한 질문에 놀란 나는 되물었다. 당황스러울 땐, 일단 질문으로 위기의 순간을 모면해보는 거다.

"자위? 어디서 봤어?"

"Why? 시리즈《사춘기와 성》"

아이는 아무렇지 않게 들고 있던 책의 표지를 보여준다. 초등학생이 되어 한글을 깨친 작은아이는 요즘 독서 삼매경에 빠져있다.

"엄마는 자위 안 해봤어?"

큰아이의 질문은 더욱 구체적이다. 뭐라고 대답해야 할까 머뭇거리는 사이 쏟아지는 두 아이의 질문 공세, 호기심이 발동한 둘은 끝까지 물고 늘어질 태세다.

"내 생각엔 자위는 성관계와 비슷할 것 같아."

큰아이는 초등학교 4학년 보건 시간에 성의 개념에 대해 배운 적이 있단다.

"그런데 언니, 자위는 어떻게 하는 거야?"

언니가 엄마보다 더 많이 알고 있다고 느낀 걸까. 작은아이는 큰아이에게 다시 질문했다.

"글쎄, 엄만 적어도 아빠와 성관계를 하셨을 테니 엄마가 더 잘 아시지 않을까? 내 생각엔 자위가 혼자서 하는 거라는 것 말고는 성관계와 거의 비슷할 것 같아. 하는 방법이나 느낌도 상당히 비슷할 것 같은데… 어때요, 엄마?"

두 아이는 동시에 나를 쳐다봤고, 그 순간 나는 얼음이 되었다. 드디어 올 것이 왔다.

"그… 그, 그렇겠구나."

내 모기만 한 목소리를 들었을까? 대답하기 곤란하다는 이유로 이 질문들을 피해버린다면, 우리 집 두 아이는 친구나 스마트폰을 통해 성에 대한 잘못된 정보를 접할지도 모른다. 그렇다고 이대로 가다간, 성에 대한 내 부족한 지식은 금방 탄로가 날 테고 내 밑천을 다 내보이고선 횡설수설 헛소리를 할지 모른다.

"애들아, 엄마에게 시간을 좀 줄래?"

내겐 공부할 시간이 필요했다. 두 아이는 기대에 찬 표정으로 고개를 끄덕였다. 자녀와 성에 대해 터놓고 말할 수 있는 엄마가 몇이나 될까? 질문은 꼬리에 꼬리를 물 것이고 난 산 넘어 산을 올라야 할 것이다. 일단 부딪혀보는 거다.

'애들아 조금만 기다려. 엄마가 공부하고 와서 알려줄게.'

엄마가 보내는 편지

성에 대해 관심이 생긴 수민아, 수린아!

궁금한 걸 엄마에게 가장 먼저 물어봐주어 고맙고, 엄마가 대답할 때까지 시간을 두고 기다려줘서 고마워.

솔직히 말해서 성에 관한 질문들은 엄마를 불편하게 해. 질문한 너희들 잘못이 아니라, 이건 순전히 엄마 문제야. 엄마는 어릴 적부터 성을 금기시하는 문화 속에서 자랐거든. 또 중·고등학교 시절 왕복 두 시간 넘게 버스를 타고 학교에 다니면서 만원 버스 안에서 상습적인 성추행에 시달리곤 했어. 과거에 좋지 않았던 기억 때문에 성에 관한 대화라면 일단은 피하게 돼. 하지만 너희와 성에 대한 대화를 나누기 위해 엄만 노력할 거야. 엄마에게도 성에 대한 인식을 전환할 좋은 기회가 되겠지.

여성은 성에 있어 수동적이어야 한다고 강요하는 문화의 영향을 받아서인지, 엄만 사춘기 때도 이성 친구를 사귈 때도 성에 대한 호기심을 제대로 표출해본 적이 없었어. 그랬던 엄마가 미국으로 유학을 가서는 깜짝 놀라고 말았어. 대학교 기숙사 로비에 떡하니 쌓여있는 콘돔 더미! 스물다섯 살에 콘돔의 실물을 처음 보게 된 거야. 다음 날 학생회관에 갔는데 거기에도 수북이 쌓여있는 콘돔 더미를 봤어. 대학교의 이곳저곳에 콘돔을 비치한 이유가 학생들의 피임을 돕기 위해서라는데, 엄만 궁금했어. 그 많은 콘돔을 누가 쓰는 걸까? 엄만 그걸 예의주시했지. 오가는 학생들은 아무렇지 않게 콘돔을 하나씩 챙겨가는 거였어. 우리 사회에서 금기시하는 것이, 그곳에서는 마치 밥을 먹고 배변을 하는 것처럼 자연스러운 일상의 한 축이었던 거야.

미국 생활에 어느 정도 적응했을 무렵, 처음엔 거북했던 미국 대학의 콘돔 나눔 문화가 긍정적으로 보이기 시작했어. 학교와 가정에서 성에 대해 개방적인 태도를 취하기 때문일까. 한국에서 만원 버스나 지하철에서 혹은 좁은 골목길에서 빈번하게 겪어야 했던 성추행을 미국에선 겪지 않았거든. 성에 관해선 오히려 머나먼 이국땅 미국에서 안전함을 느낄 정도였지.

비싼 기숙사에서 나와 국적이 다른 여덟 명의 여학생들이 방 두 개짜리 아파트를 빌려 살았을 때도 엄마는 대단한 문화 충격을 받았어. 이제 막 성인이 되어 부모를 떠나 자유롭게 생활하게 된 젊은 여성들은 '노 스모킹, 노 섹스'라는 공동의 규칙을 만들어 내걸었어. 여덟 명이나 되는 여학생 중 단 한 명이라도 실내에서 담배를 피운다면 나머지 일곱 명은 고스란히 간접흡연의 피해를 입게 되겠지. 그러니 누구라도 담배를 피우고 싶다면 아파트 안이 아니라 아파트 밖에서 그 욕구를 해소하라는 말이었거든. 성관계도 마찬가지였어. "노콘노섹"을 외치며 상시 피임이 준비된 여성이라면 언제든 원할 때 관계를 할 것 같지만, 성관계란 당사자 간의 합의로 은밀하게 이루어져야 하는 행위이기 때문에, 공동의 생활공간이 아닌 다른 곳에서 이루어져야 한다는 거였어. 엄만 가까이서 그녀들의 일상을 지켜보았기에, 자기 몸과 자기 성의 주체로서 자유와 책임이 균형 잡힌 생활을 하는 그녀들에게서 배운 바가 많았어. 3년을 함께 지내면서 그녀들에게 원치 않은 임신과 낙태를 경험해야 하는 안타까운 일이 한 번도 생기지 않았거든. 물론 사회 전반에 여성의 성을 존중하는 인식이 널리 깔려있기 때문에 그녀들이 성의 주체가 될 수 있었을 거야. 이런 문화야말로 건전한 성 문화가 아닐까.

이처럼 성이란 고정된 것이 아니라, 시대와 사회에 따라 확연히 달라질 수 있는 개념이야. 우리와 다른 문화를 경험하면서 엄만 대한민국에 뿌리내린 성 문화의 문제점을 알게 되었어. 우선 성을 금기시하는 엄마의 인식부터 바꾸어야겠다고 생각했지. 그리고 나중에 엄마가 되면 자녀와 함께 성에 대해서 진지하게 토론할 거라고 다짐했어. 그게 바로 지금이구나. 자, 이제 수민이와 수린이가 궁금해하는 엄마의 자위 이야기를 시작할게. 엄마의 첫 경험은 스물여섯 살 때였어. 참 많이 늦었지? 그 전까지 엄마는 내 성기가 어떻게 생겼는지도 모르고 살았어.

그때 유학생이었던 엄만 한국식 목욕이 너무나 하고 싶었어. 뜨끈한 물을 욕조 가득 받아 몸을 불려서 때를 미는 목욕 말이야. 그날은 엄마 혼자 집에 있어서 여덟 명 여학생이 함께 쓰던 욕조를 독차지할 수 있었지. 욕조를 닦고 물을 받아 몸을 담갔어. 장장 4시간이나 몸을 불리고 때를 밀었어. 어찌나 시원하던지! 1년 6개월 만에 하는 한국식 목욕이었거든. 하지만 그날 밤에 탈이 난 거야. 대음순과 소음순, 외음부를 포함한 성기 전체가 견딜 수 없을 정도로 가려웠어. 내 몸의 일부지만 별 관심을 가져본 적이 없는 그곳에 온 신경이 집중됐어. 구석구석 더듬어보며 도대체 어디에 문제가 생긴 건지 탐색하기 시작했지.

그렇게 알게 됐어. 입안에 혀가 있어서 갖가지 맛을 느낄 수 있듯이, 성기엔 신경 다발이 있어서 갖가지 감각을 느낄 수 있다는 걸. 가려움과 깨달음(?)으로 밤을 하얗게 새우고 다음 날 아침에 룸메이트를 붙잡고 구조 요청을 했어. 그때까지도 가려움의 고통이 끝나지 않았는데, 룸메이트는 별일 아니라는 듯 구급함에서 연고를 꺼내 건네주며 가려운 부위에 바르라고 하더라. 그리고 쿨하게 한마디 하길, 자기 성의 주인으로 살기 위해서 자기 몸에 대한 탐색은 꼭 필요하다며 늦게나마 자위의 세계로 접어든 걸 축하한다고 말이야. 자위를 하다가 어딘가 불편해지면 언제든 도움을 요청하라는 당부도 잊지 않았어. 그 말이 어찌나 든든하던지. 룸메이트와 이전보다 더 친해진 순간이었지.

그래. '자위'란 자기 몸을 탐색해 갖가지 감각을 알아가는 과정이야. 혼자 하는 거지만 자위에도 에티켓이 필요해. 내 몸을 위해 청결을 유지할 것! 그렇지 않으면 공동으로 사용하는 욕조 때문에 그 옛날 곤혹을 치렀던 엄마처럼 고통 속에 온밤을 꼬박 새울 수 있거든. 그리고 같은 공간을 사용하는 다른 사람을 불편하게 해선 안 되기에 은밀하게 행할 것! 자위를 하다가 문제가 생긴다면 엄마에게 가장 먼저 알려줘. 엄만 그 옛날 엄마에게 도움을 주었던 룸메이트처럼 도움을 줄 준비가 되어 있단다.

자, 다음은 성관계 이야기. 자위가 내가 내 몸과 대화를 나누는 행위라면, 성관계는 내 몸과 상대방의 몸이 만나 대화를 나누는 행위가 아닐까. 십수 년째 한 사람과 성관계를 맺어온 엄마에게 성관계란 밤이 되면 잠이 들고 아침이 되면 잠에서 깨어나는 것처럼 일상을 이루는 한 축이 되었어. 이십 대에 너희들 아빠를 만나서 삼십 대와 사십 대로 이어지는 지속적인 성생활을 하면서 엄마는 성관계에서 가장 중요한 건 상대방에 대한 존중과 배려라는 걸 깨달았어. 두 번의 임신과 두 번의 출산, 두 번의 작은 수술을 거치면서 엄마는 성관계가 순간의 이끌림과 열정만으로 이루어질 수 없다는 걸 알게 됐어. 인간의 몸은 생애 주기에 따라 변화하고 단계마다 적절한 보살핌이 필요해. 몸이나 마음이 힘들면 성관계를 할 수 없는 법이거든. 엄마 아빠도 언젠가 할머니 할아버지가 될 테고 그때도 지금처럼 건강하게 성관계를 맺으면서 살아가려면 서로의 몸과 마음의 상태를 세심하게 관찰하고, 구체적으로 무엇을 어떻게 원하는지 또는 원하지 않는지를 끊임없이 대화를 나누며 서로 맞추어야 할 거야.

자, 정리하면 성관계란 우리 삶을 이루는 거대한 축으로, 임신 · 출산 · 육아를 포함해 노년까지 이어지는 지속적인 관계 맺음이야. 성에 대한 두려움을 가득 안은 채 또래 친구들끼리 과장과 왜곡이 난무하는 정보를 주고받으며 호기심을 충족했던 십 대와 이론과 실제를 넘나들며 나만의 성 지향성과 성적 취향을 알아가는 이십 대를 지나, 임신 · 출산 · 육아의 과업을 수행한 삼십 대를 거쳐, 사십 대가 되어서야 엄만 비로소 내 성의 주체가 된 것 같아. 너희들 아빠와 대화를 나누며 때로는 요구하고 때로는 맞추어 조절하는 지금의 성생활에 만족하고 있단다.

"어떻게 그렇게 오랫동안 한 사람하고만 성관계를 맺을 수 있어?"라고 물어본다면, 내 마음을 잘 알아주는 단짝 친구에게 내 속을 편하게 내보일 수 있듯이 성관계도 그렇더라고 대답할게. 성관계를 맺고 싶을 때마다 새로운 사람을 찾아야 한다면 그 과정이 얼마나 번거로울까? 수민이 수린이 생각은 어때?

월경을 하게 되면 성호르몬이 분비되면서 자연스레 성욕이 생기고 이성에 관심을 갖게 돼. 이 또한 지극히 자연스러운 일이니 당황하거나 난감해하진 말자. 요즘에는 초등학교 고학년만 돼도 이성 친구를 사귄다고 하니, 수민이가 이성 친구를 만나게 될 날도 머지않았구나. 여성과 남성은 신체적으로도 정신적으로도 그 차이가 상당해서 이성 친구를 만난다는 건 나와 다른 성을 이해하고 인간에 대한 이해를 넓혀 나갈 수 있다는 장점이 있어. 문학작품과 영화, 드라마에서 첫사랑을 아름답게 그려내듯이, 사춘기에 이성 친구를 만난다는 건 인생을 통틀어 가장 순수하고도 낭만적인 경험을 하는 것이기도 해. 하지만 이성 관계에선 서로 다른 성에서 오는 호기심과 끌림이 성관계로 이어질 수 있고, 성관계의 결과로 임신·출산·낙태와 같은 사건을 겪을 수도 있어. 원치 않는 일을 피하려면 사춘기 이성 친구를 사귀는 데에는 나름의 원칙이 있어야 해. 내 몸과 마음, 그리고 인간 생명이 소중한 만큼, 성관계에는 피임이 필수라는 걸 잊지 말자. 가장 손쉬운 피임법은 남성의 성기에 콘돔을 씌우는 것! 임신과 출산과 낙태를 치르는 건 오직 여성의 몸이기 때문에, 내가 임신할 준비가 되어 있지 않고 서로 피임을 하지 않았다면, 무엇보다 내가 원하지 않는다면, 상대방에게 '노!'라고 말할 수 있어야 해.

내 몸의 주인은 바로 나야. 나의 성 가치관에 맞도록 선택하고 결정할 권리는 나에게 있는 거야. 내 몸에 대한 주도권을 내가 아닌 누구에게도 주어서는 안 돼. 그것이 부모나 이성 친구처럼 내가 사랑하는 대상이어도, 국가나 제도, 권력처럼 보이진 않지만 나에게 지대한 영향을 미치는 것이어도 말이야. 한마디로 성관계란, 내가 준비되어 있고 내가 원할 때만 한다. 오케이?

후유! 수민이 수린이와 성에 대해 대화를 나누는 건 역시 쉬운 일이 아니네. 엄만 힘들었지만 그래도 조금 뿌듯하구나. 자꾸 대화를 나누다 보면 익숙해지겠지? 이것만은 잊지 말자. 내 몸에 어떤 변화가 일어나더라도 내 몸을 아끼고 사랑해주기! 내 몸은 나의 것, 내 몸의 주도권은 바로 나에게 있다! 너희가 커가니 엄마는 걱정되는 일이 자꾸 더 많아져. 하지만 성에 대해 궁금한 것이 생기면 언제든 엄마를 제일 먼저 찾아주길 바라. 어떤 질문이라도 대환영이야.

다시 쓰는 일기

"제임스 조이스? 제임스 조이스 책이 있었어? 당신 취향 아니잖아?"

내 책장에 꽂힌 제임스 조이스의 《더블린 사람들》을 보고 남편이 물었다. 제임스 조이스? 아, 기억났다! 결혼 직전 그 책을 선물 받았지만, 제임스 조이스의 작품은 난해하다는 소문에 지레 겁먹고 펼쳐보지 않았다. 그 책을 내게 선물한 사람은 바로 나의 남자 사람친구, 유학 시절에 알게 된 친구였다. 결혼을 준비하는 여자사람친구에게 웬 제임스 조이스? 그는 왜 그 책을 내게 선물했을까?

그 친구는 영국 아일랜드 출신으로 제임스 조이스 마니아였다. 미국에서도 그는 다채로운 경험을 마다하지 않았다. 기존의 세계에 갇히지 않고 자신의 세계를 확장해나가는 그와 반대로, 나는 학교와 아르바이트, 성당만 오가며 매일 똑같은 일상을 반복했다. 새로운 문화에 자신을 내던져 유학 생활을 영위하는 이들을 부러워만 했지 나는 한국에서와 다를 것 없는 생활을 하며 살았다.

결혼은 남성과 여성 그 누구에게도 이롭지 않은 제도라며 자신은 절대 결혼하지 않겠다던 나의 남사친과 자기 성의 주체로 자기만의 성 가치관을 정립해나가는 멋진 룸메이트들을 곁에 두고서도, 난 하루라도 빨리 결혼함으로써 내 욕구를 비교적 안전하게 배출하고 싶다고 생각했다. 귀국하자마자 결혼을 준비하는 나를 이해할 수 없다는 듯 고개를 절레절레 흔들었던 친구들 모습이 떠오른다. 그렇다면 그의 선물은 내 결혼식을 애도하는 차원의 선물이었을까?

마흔에 비로소 제임스 조이스의 《율리시스》를 읽는다. 조이스가 현대판 《오디세이아》를 쓰려했듯 《율리시스》는 신화와 현대, 과거와 현재를 결합했다. 《율리시스》를 읽으며 난 이쪽 세계와 저쪽 세계 어느 세계에도 속하지 못하고, 경계에 선 여성 셋이 떠올랐다. 가부장제에 귀속되지 않았으나 가부장제의 폐해를 고스란히 안고 살아가는 그녀들이다.

뉴욕에서 만난 중년의 사장은 70년대에 미국행을 선택한 이민자였다. 그녀의 어머니는 전쟁 세대로, 결혼을 한 적은 없었지만 아버지가 다른 자녀를 여럿 두었단다. 그녀의 어머니는 보수적인 한국 사회의 작은 시골 마을에서 손가락질당하는 신세가 되었고, 그녀는 아버지가 다른 어린 동생들을 돌봐야 했다. 그녀는 동네 사람들의 비난을 견뎌야 할 이유가 없다고 판단해 성인이 되자마자 다른 세상을 찾아 나섰다고 했다. 새로운 세상에서 그녀는 여러 개의 사업장을 운영하는 성공한 CEO가 되었다. 동생들과 어머니를 초청하여 부양하는 그녀를 지탱하는 삶의 신조는 바로 '자나 깨나 남자 조심!'이었다.

또 한 명은 일찍 유학길에 올랐으나 공부는 적성에 맞지 않아 그만두었고, 성性적으로 자신과 잘 맞는 이성을 찾아 안정적인 가정을 꾸리고 싶어 했던 이십 대 여성이다. 그녀는 연애에 몰두했다. 한국인 유학생 남자 친구를 사귀다가 돌연, "한국 남자는 나와 맞지 않아!"라 선언하더니 외국인 남자 친구를 사귀기 시작했다. 결혼을 전제로 시작한 연애로 그녀는 한 번에 한 명씩 여러 번 외국인 남성과 동거를 했다. 미국에서는 결혼 전에 동거하는 경우가 비일비재한 데다 동거 중 맞지 않으면 헤어지는 경우도 부지기수기 때문에, 여러 번의 동거 경험은 아무 문제가 되지 않았다. 하지만 그녀의 동거는 그녀가 원했던 결혼으로 이어지지 않았고, 상처로 남았다. 그녀와 동거했던 세 명의 외국인 남성들이 서로 친한 친구 사이였고, 그녀와의 관계를 오랜 기간 서로 공유해왔다는 사실을 그녀만 몰랐던 것이었다. 여러 번의 결혼 시도에도 실패한 그녀는, 선을 봐서 결혼하겠다며 한국으로 돌아갔다.

마지막은 근래에 알게 된 베트남 여성의 이야기다. 요즘 경기도 일대에 다문화 가정이 늘어나고 있는데, 중국이며, 베트남, 우즈베키스탄에서 결혼을 통해 여성들이 많이 이주해온다. 올해 쉰이 된 노총각 아들을 둔 어머니는 아들이 더 나이 들기 전에 손자를 얻고 싶었다. 그래서 아들의 의사와는 상관없이 이십 대 초반의 베트남 여성을 천만 원을 들여 사왔다. 베트남 여성에게서 한 해가 지나도록 아이 소식이 없자, 어머니는 노심초사하기 시작했고 아들이 한 살이라도 젊을 때 새 장가를 보내야겠다고 판단해 그 베트남 여성을 오백만 원에 내놓았다. 그 돈을 챙겨 다시 다른 여성을 사 올 목적이란다. 그녀의 시어머니는 손자가 안 생길 것을 대비해서 혼인신고조차 허락하지 않은 상태였다.

여성에 대한 가장 큰 탄압이 가부장제라고 했던가? 가부장제에 귀속되지 않았어도, 전쟁의 피해자로서 아버지 없는 아이들을 부양해야 하는 의무도, 이주자로서 대를 이어야 하는 의무도 전부 여성에게 지워졌다. 결혼을 원하는 여성이 한 인간으로서 자신의 성적인 욕구를 외부에 표출할 경우, 이쪽 세계나 저쪽 세계, 어느 세계의 남성들도 이를 환영하지 않았다.

제임스 조이스의《율리시스》속 페넬로페 즉, 몰리는《오디세이아》에서 19년간 정절을 지키며 오디세우스를 기다린 페넬로페와는 정반대의 인물이다. 어머니이자 아내이면서 또한 정부이기도 하다. 그녀는 '남편의 아내'이면서 동시에 '아들의 어머니'여야 하는 남성 중심의 체제가 요구하는 여성상의 경계를 넘나들며, 그 근거를 무너뜨린다. 여성의 성은 수동적이고 순종적이어야 한다는 사회적 억압에 강력하게 반대하며, 자신의 성적 취향과 욕망을 과

감하게 드러낸다. 그녀는 《율리시스》의 18장에서 'Yes'로 시작해 'Yes'로 끝나는 방점 없는 대항 담론을 쏟아내듯 내뿜는다.

이 책을 읽으며 전쟁 중에 아이를 낳아 아버지 없이 홀로 아이를 기른 어머니들에게, 남성의 성이 공고한 기존 사회의 질서에 균열을 일으키는 주체적인 젊은 여성들에게, 대를 이을 이유도 의무도 없다며 가부장제에 맞서는 며느리들에게 나는 비로소 박수를 보낼 수 있게 되었다.

결혼이라는 가부장제 안에서 비교적 안전하게 살아가고자 했던 나는 지금 잘 살고 있나? 여성이기 때문에 겪게 되는 위협이 사회 곳곳에 도사리고 있다는 이유로, 나의 두 아이가 세계관과 가치관을 확장하기 위해 도전하지 않고, 이미 존재하는 겉으론 안전해보이지만 가장 위험한 세계로 저벅저벅 걸어 들어간다면, 그 모습을 지켜보는 내 마음은 어떨까? 이제야 난 친구가 준 선물의 의미를 알 것 같다. 가부장제에 귀속 선언을 한 나에게, 여성으로서, 한 인간으로서의 삶을 포기하지 말라는 메시지를 전달하고 싶었던 게 아닐까? 난 남편에게 대답했다.

"제임스 조이스? 완전 내 취향이야!"

수민이의 답장

엄마, 5학년이 되어 몸이 변하면서 고민이 많이 생겼어요. 계속 어린이의 몸이었으면 좋겠는데 브래지어도 해야 하고 월경도 해야 하고…. 몸이 자라는 게 싫었어요. 남자 친구들도 목소리가 바뀌고 수염이 나고 냄새가 달라져서 어색하고 불편했어요. 전처럼 남녀 구별 없이 모두 잘 지내고 싶은데 서로 점점 달라져서 서운하고 속상했어요.

성에 대해서 관심이 생겼어요. 처음엔 자위나 성관계에 대해 생각만 해도 왠지 나쁜 짓을 한 것 같아서 마음이 무겁고 죄책감이 들었어요. 하지만 엄마의 첫 자위와 성관계 이야기를 듣고, 자위나 성관계가 나쁜 게 아니라 자연스럽고 당연한 거라고 생각하게 됐어요. 남자 친구가 생기면 어떻게 지내야 할까 고민이 많았는데, 이젠 좀 알겠어요. 엄마 아빠가 그러셨듯이 서로 대화를 많이 나누고 존중하고 배려한다면, 좋은 친구가 될 수 있겠죠?

아직은 낯설지만 내 몸의 변화를 자연스럽게 받아들여 볼게요.

엄마 이야기를 솔직하게 들려줘서 고마워요.

Day 6

엄마가 된다는 것

난, 아이 안 낳을래!

"엄마, 아이가 태어날 때 어디로 나오는 거야?"

큰아이가 질문했다. 요즘 아이들은 믿지도 않겠지만 나 어렸을 때 들었을 법한, 배꼽으로 나온다든지 다리 밑에서 주워 온다든지 같은 대답은 하고 싶지 않았다.

"아이가 어떻게 만들어지는지는 알고 있어?"

되물었더니 아이는 고개를 끄덕였다.

"정자가 들어왔던 길로 아이가 빠져나가는 거야. 그러고는 세상을 만나는 거지."

난 아무렇지 않게 대답했고, 큰아이는 잠시 혼란에 빠진 듯했다가 다시 물었다.

"아니, 어떻게 그 좁은 길로 아이가 나올 수 있어?"

"여성의 몸은 매우 유연해서 사춘기가 되어 월경을 시작하면서부터 한 달에 한 번씩 아이를 만들기 위한 준비를 해, 그러다 난자와 정자가 만나면 자궁에 아기집을 만들어. 아기는 엄마와 탯줄로 연결되는데, 엄마가 먹고 마시는 것들이 피와 산소로 만들어져 그대로 아기에게 전달돼 열 달 동안 쑥쑥 자라는 거야. 엄마 몸 또한 아기가 자라기에 적합한 환경을 만들려고 무려 10kg에서 20kg까지 몸집을 늘려. 아기가 나오는 길은 매우 좁지만 아기가 엄마 배 속을 나올 준비가 되면 저절로 열린단다. 하지만 그 순간의 고통은 어마어마해 하늘이 노랗고 앞이 안 보일 지경이야."

"으악! 상상이 안 돼."

큰아이는 충격을 받은 것 같았다. 아이를 낳는 순간의 고통을 상상해서인지 자신은 절대 아이를 낳지 않을 거라고 선언했다.

어느덧 사촌 동생이 하나둘 태어나, 큰아이는 이제 동생 다섯을 둔 큰언니 큰누나가 되었다. 동생 수린이가 태어났을 때, 하늘에서 별이 떨어져 동생이 되었다고 믿었던 큰아이는 이제 막 태어난 사촌 동생을 보며 우주의 신비를 다시 한번 목격하는 듯 감탄했다.

"이렇게 예쁜 아이라면 나도 아이를 낳고 싶어. 하지만 난 탐험가가 되고 싶은데…. 아이를 갖고 낳고 기르는 동안엔 탐험은 못 하는 거잖아? 그럼, 난 어떡하지?"

큰아이는 탐험가가 되는 것과 엄마가 되는 것 사이에서 갈팡질팡 깊은 고민에 빠졌다.

엄마가 보내는 편지

동생이 태어났을 때, 수린이가 좋아서 시간 가는 줄 모르고 바라보던 수민아.

다른 집 아이들은 동생이 태어나면 엄마를 뺏길까 봐 불안해하고 동생을 괴롭히기도 한다는데, 수민이는 그러지 않았거든. 그게 신기해서 엄마가 물어봤어. "동생이 그렇게 좋아?" 수민이는, "그냥 좋아. 다 좋아. 너무 예쁘잖아"라고 대답했었지. 심지어 동생을 더 낳아달라고 보채기도 했어. 동생이 다섯 명쯤 있으면 좋겠다고 말이야.

수민이가 물었지. 한비야 선생님은 결혼도 하지 않고 아이도 낳지 않고 평생 오지를 탐험하면서 살고 계시는데, 오지 탐험가가 되려면 엄마가 되어서는 안 되는 거냐고, 반대로 엄마가 되기 위해서는 오지 탐험가가 되어선 안 되는 거냐고. 그래, 오지 탐험가도 엄마도 되고 싶은 수민이가 고민하는 건 당연한 일이야. 엄마가 된다는 것과 전문 직업인이 된다는 것을 동시에 다 잘하기는 매우 힘들거든. 엄마가 된다는 게 마냥 좋은 일만은 아니라고 말한다면, 수민이가 실망

할까?

엄마가 된다는 건 여성으로 태어나 반드시 되어야 할 소명의 문제가 아니라, '선택'의 문제라고 생각해. 그러니 엄마가 되어도 좋고 엄마가 되지 않아도 좋아. 하지만 되고자 한다면 네가 진정으로 엄마가 되고 싶을 때 됐으면 좋겠어. 네가 하고 싶은 공부가 있고 되고 싶은 게 있는데, 덜컥 엄마가 되지는 않았으면 해. 마음의 준비가 필요해. 엄마가 된다는 건 상상 이상으로 어렵고 수고로운 일생일대의 일이거든.

엄마가 결혼하던 날, 외할아버지께선 신부 입장을 하는 순간부터 결혼식이 끝날 때까지 눈물을 흘리셨어. 외할머니께서는 곱게 화장한 얼굴에 얼룩이 지지 않도록 눈물을 삼키셨지만 안쓰러워하는 마음까지 숨기지는 못하셨지. 그날 두 분이 왜 그러셨는지 엄만 이제야 조금 알 것 같아. 출산과 육아, 대한민국에서 일하는 엄마로 살아갈 딸의 어깨에 놓인 인생의 무게가 무시무시해서 딸의 결혼을 기뻐할 수만은 없으셨던 거야.

"넌 내가 봐 온 수많은 사람 중에 가장 멋진 사람이야. 너 닮은 사람이 이 세상에 또 있다면 얼마나 좋을까? 우리, 너 닮은 아이 낳고 기르면서 행복하게 살자."

네 아빠가 해준 이 한마디 말 덕분에 엄마는 '그래, 엄마가 되자' 결심했어. 운동을 하고 좋은 음식을 먹으면서 엄마가 되기에 충분히 건강한 몸 상태를 만들기 위해 노력했지. 아이를 갖기 위해선 먼저 상대적으로 부실한 하체 근육을 늘려야 한다는 헬스 트레이너의 말을 듣고 매일 두 시간씩 운동을 했어. 피가 부족해 종종 어지러웠던 엄만, 소고기를 먹고서 그릇도 치우지 말고 바로 잠들라는 약사의 조언에, 육식을 좋아하진 않았지만 피를 만들겠다는 각오로 매일 밤 소고기를 먹었어. 퇴근 후 지친 몸으로 운동하고 소고기를 굽는 게 쉽지 않았지만 매일매일 꼬박꼬박 지켰어. 졸린 눈을 비비며 잠들기 전 기도도 잊지 않았다. 세상의 모든 신께 기도를 드렸어.

"건강한 아이를 주세요."

문득 세상에 수없이 많은 건강하지 않은 아이들 모습이 떠올랐어. 경이로운 생명을 두고서 건강하고 건강하지 않고를 구분한다는 것이 매우 미안한 일 같아서, 엄만 곧 기도 말을 바꾸었어.

"아이를 주세요. 동시에 제가 좋은 엄마가 될 수 있도록 이끌어주세요."

그렇게 너희들이 엄마에게로 왔어. 너희와 한 몸이 된 280일의 긴 시간 동안 적절한 운동과 균형 잡힌 식사, 진심을 담은 기도가 이어졌어. 아이를 낳기만 하면 다 된 줄 알았는데 웬걸, 오랜 진통 끝에 너희를 만난 건 기나긴 여정의 서막에 불과했지.

유난히 엄마를 필요로 하고 그리워했던 수민이는 분유 트러블이 심했어. 반나절만 분유를 먹여도 가라앉았던 태열이 다시 올라오곤 했지. 파견 근무와 출장이 잦은 컴퓨터 프로그래머였던 엄만, 노트북을 등에 메고 한 손에는 유축기를 다른 한 손에는 아이스박스를 들고 출퇴근을 했어. 네 시간마다 유축을 해야 했고, 점심과 저녁 밥 먹는 시간을 오롯이 유축하는 데 써야 했기에 제대로 된 식사는 꿈도 꿀 수 없었지. 유축을 한다는 건 매일매일 기계를 삶고 말려서 소독해야 하는 일까지 포함됐기 때문에, 일을 마치고 집에 돌아와서도 그 일을 하려면 밤잠을 푹 자는 것도 포기해야 했어. 엄마가 먹는 것이 곧 모유를 이루는 영양 성분이 될 터, 양질의 모유를 먹이기 위해 졸릴 때 더욱 간절한 커피 한잔과 무더위를 날려줄 맥주 한잔의 유혹도 엄만 물리쳤어. 아이를 위해 인간의 기본 욕구인 식욕과 수면욕까지 제어할 수 있다니, 엄마가 된다는 건 내가 가진 가장 소중한 것을 떼어다가 아이에게 주어야 하고, 견디기 힘든 것을 참아내야 하는 극기의 여정이 아닐까! 이쯤에서 수민이가 "난 진짜 아이 안 낳을래!" 할지도 모르겠구나.

여성은 오랜 기간 월경을 하며 엄마가 될 준비를 했고, 엄마와 태아가 한 몸이 되어 열 달을 동고동락했으며, 태아를 위해 몸을 거대하게 부풀리기도 하고, 모유 수유를 하면서 엄마 됨을 자연스레 체득해. 하지만 임신과 출산의 과정에서 한 일이라고는 오직 정자 제공밖에 없는 아빠라는 존재가 아빠 됨을 인식하고 양육에 동참하기 위해서는 그만큼의 노력이 필요하단다. 손을 내밀어 남편을 육아의 현장으로 끌어들여야 해. 엄마 됨은 성 역할의 문제가 아니라 '관계'의 문제이고, 육아는 엄마 아빠 모두의 의무이자 책임이야. 엄마와 아빠가 서로 존중하고 배려하면서 거사를 잘 치러나가야 해. 엄마 혼자 아이를 만든 것이 아닌 것처럼, 육아도 처음부터 엄마 아빠가 함께해야 하는 거야.

오지 탐험가도 되고 엄마도 되고 싶다고 말하는 수민이. 탐험가가 된 수민이가 엄마가 되어 일과 육아를 병행할 걸 생각하니, 삶의 무게가 느껴져 엄만 벌써 목이 메는구나. 하지만 수민이도 좋은 사람을 만나서 처음부터 함께 육아하는 법을 터득해가면, 잘 해낼 수 있을 거야. 꿈이 있는 사람에게는 길이 생기는 법! 누군가 엄마에게 태어나 가장 잘한 일이 무엇이냐고 물었을 때, "수민이, 수린이를 낳고 기른 것"이라고 대답했는데, 아빠도 똑같은 대답을 했다고 하더라. 엄마의 인생에서 온몸과 모든 정신을 모아 진심과 정성을 쏟아부은 일이 이거 말고 또 있을까? 1퍼센트의 기쁨과 99퍼센트의 수고로움으로 이루어진 '엄마 됨'의 지난한 과정을 지나는 모든 엄마에게 박수를 보내고 싶어!

다시 쓰는 일기

어머니 뵈러 가는 길
시골집이 가까워지네
논밭이 펼쳐지네
황금빛의 풍요로움이여
해 지기 전에 자리 잡은
노오란 보름달 아래
가을바람 찰랑찰랑
파도치는 아름다움이여

가까이서 본다
벼이삭은 내 어머니를 닮았구나
노동자에서 어머니로
어머니에서 노동자로
허리 한번 펴보지 못한
내 어머니의 인생이여
가는 다리 힘껏

소중한 낟알들을 업고 서있구나
가슴 저린 먹먹함이여

다 자란 자식 등에 업혀
단풍 구경 꿈 꿀 수도 있으련만
그 곳 그 자리에 뿌리내려
지루한 장마 찌는 무더위
온몸으로 이겨내어 열매 맺어 고개 숙였네

쌀이 되어
밥이 되리라
술과 떡이 되리라
껍데기 벗어
집이 되리라
거름과 연료 되리라
인생의 겨울 오기 전에
이 한 몸 다 내어주리라
낟알낟알 사무친
내 어머니의 사랑이여

– 김정은, 〈추석, 벼〉

엄마를 생각하며 쓴 나의 자작시 〈추석, 벼〉. 두 번 세 번 다시 읽어본다. 이런 희생적인 삶이라니 참 마음에 안 든다. 엄마는 왜 벼처럼 사셨던 걸까?

희생의 아이콘인 나의 엄마, 사실 엄마의 희생하는 삶이 늘 못마땅했다. 어려서는 가족을 위해, 결혼하고 나선 남편을 위해, 엄마가 되고 나선 두 딸을 위해, 두 딸이 엄마가 되자 이젠 손주들을 위해 끊임없이 내어주는 삶을 사는 엄마가 안쓰럽기만 하다. 이제라도 당신을 위한 시간을 갖고 좋아하는 책을 읽고 글을 쓰며, 젊은 시절 다하지 못해 한이 된 공부를 다시 하시길 간절히 바랐다. 엄마가 엄마의 삶을 살길 진심으로 바랐다.

"야, 신난다!"

우리 집 두 아이는 신이 났다. 가을 단기 방학을 맞아 외할머니 댁에 놀러 가기로 한 것이다. 멀리 사는 둘째 딸에게 휴가를 주고 싶어서 엄마가 우리 집 두 아이를 초대하신 거다. 사실 내가 엄마 도움을 받지 않기로 작정한 지는 꽤 오래되었다. 내가 조금이라도 힘든 기색을 보이면 엄마는 당신 생활을 접고 당장 달려오셔서 도와주실 분이란 걸 잘 안다. 그래서 더는 나 때문에 엄마 삶을 저당 잡고 싶지 않아서 일을 줄이는 쪽을 선택했다. 아이들이 어느 정도 자라자 남편도 아빠 몫의 육아를 해냈고, 엄마 도움 없이 우리끼리 그렇게 5년을 보냈다.

"야호! 자유다, 자유!!"

얼마만의 자유인가? 만 5년 만의 자유다. 정작 신이 난 사람은 바로 나였다. 열흘 동안 뭘 할지 위시리스트를 작성했다. 남편과 단둘이 여행을 떠나고, 영화를 보러 가고, 그냥 넘어가기 아쉬운 금요일 밤엔 밖에서 술도 한잔해야지. 연락한 지 오래된 친구를 불러내 밀린 수다도 떨고, 평소 읽고 싶었던 책도 읽어야지.

아이들이 떠나고 만세를 외쳤지만 좋았던 시간은 단 하루였고 이내 무기력해졌다. 아이들 없이 밥을 차리는 건 내게 무의미한 일이었고, 밥을 먹는 것도 귀찮았다. 외식을 해도 맛이 없었다. 영화를 봐도 재미가 없고 친구를 만나러 나설 엄두가 나지 않았다. 남편과 단둘이 여행가기로 한 계획은 기운이 없어 언감생심 꿈도 못 꿀 정도였다. 멀뚱멀뚱 남편과 둘이 앉아 서로의 모습에 한숨을 쉬었다. 정말, 우리 왜 이러고 있나!

열흘이라는 짧은 시간도 자유롭지 못하다니. 아이들이 없어도 나의 뇌는 엄마의 뇌로서만 작동했다. 엄마처럼 살지 않겠다고 다짐해놓고선 내 몸과 마음은 온통 아이들에게만 집중되어 있었다. 친정엄마는 엄마의 삶을 살길 바라면서 정작 나는 내 삶을 살지 못하는 거다. 문득 궁금해졌다. 아이들은 내가 어떤 엄마이길 바랄까?

"엄마가 어떤 엄마였으면 좋겠어?"

"음…."

"희생적인 엄마?"

"아니, 그건 절대 아냐."

"사랑이 넘치는 엄마?"

"그것도 아닌 것 같아."

"스스로 행복한 엄마?"

"글쎄."

"자기 삶을 잘 살아가는 엄마?"

"응! 그거야. 그거!"

길었던 열흘이 지나고 막 돌아온 아이들을 붙잡고 물었더니 의미심장한 대답을 내놓았다. 자기 삶을 잘 살아가는 엄마라…. 내 고민이 깊어진 걸 아는지 모르는지 아이들은 이야기보따리를 풀기에 바빴다. '인간 하느님'(마음이 넓디넓은 외할머니를 우리 집 아이들은 그렇게 부른다)과 수영장에도 가고 바다도 가서 좋았지만 열흘이나 엄마를 못 봐서 힘들었다느니, 인간 하느님께서 평소 엄마보다 백배쯤 더 잘해주셨지만 그래도 엄마가 최고라느니 아주 난리가 났다.

아직은 "엄마가 최고야!"라고 말해주는 이 아이들이 자라, "우리 엄마는 정말 꽉 막혔어. 어휴 말이 안 통해. 답답해 죽겠어"라고 생각하지 않을 수 있도록 난 늘 깨어있어야겠지. 앞으로도 지금처럼 잘 지내기 위해 부단히 노력해야겠지. 하루가 다르게 자라나는 아이들을 지켜보며 난 또 얼마나 달라져 있을지 기대해본다.

사춘기라는 긴 터널을 지나 자기 주관을 확립하고 성인이 되어 자신의 길을 찾아 나설 아이들. 아이들의 빈자리에도 나 끄떡없기 위해, 이젠 슬슬 엄마 되기 이전의 모습을 복원해야 하리라. 다시 내가 되어야 하리라. 나의 삶을 잘 살아가야 하리라.

세상의 모든 엄마들에게

아이에게 편지 쓰기, 쉬울 것 같은데 막상 쓰려고 하면 무슨 말부터 어떻게 써야 하나 고민이 들지요. 저도 처음에는 그랬습니다. 쓰는 것도 쓰는 건데 건네는 것도 쑥스러웠어요.

어려워 말고 간단하게 한 단어, 한 문장으로 시작해 두 문장, 세 문장으로 천천히 늘려보시길 권합니다. 말은 내뱉은 순간 사라지지만 글은 시간이 지나도 오래오래 남아 아이와 엄마 사이에 좋은 추억거리가 된답니다. 냉장고에 붙인 포스트잇 메모, 작은 칠판에 쓱쓱 남긴 메시지, 집 안에 작은 우체통을 두어도 좋습니다.

말로 하기 어려울 때 쏙 넣어둔 엽서나 편지의 힘은 보이지 않게 계속 쌓여가더라고요. 물론 가족 모두 함께하면 더욱 좋지요. 엄마 아빠가 편지를 보내면 아이는 어떤 방법으로든 응답할 거예요.

부모와 사랑과 신뢰 속에서 주고받은 편지로 배운 글쓰기는 아이에게 평생 행복한 글쓰기 습관을 갖게 할 거예요. 자기의 솔직한 마음을 글로 표현할 수 있는 용기는 글쓰기의 가장 강력한 힘이더라고요. 행복한 글쓰기 습관, 우리 함께 시작해보면 어떨까요!

아이들의 답장

수민이가 엄마에게

엄마,

엄마 편지 잘 받았어요. 엄마 일기를 볼 수 있어서 참 좋았어요. 일기 속 엄마 어릴 적 모습이 참 많이 힘들어 보였어요. 어른이 돼서도 고난이 끊이지 않았는데, 그 많은 고난을 이겨내셨다니 신기해요. 직업인으로, 엄마로 살아오시면서 저희를 이렇게 잘 키워주셔서 감사해요.

저와 수린이를 낳기 위해서, 운동을 매일 하고 육식을 좋아하지 않으면서도 소고기를 매일 구워 먹고, 또 매일 밤 기도를 했다는 이야기가 가장 좋았어요. 수린이와 제가 오랫동안 정성을 들여서 태어난 존재라니요. 저를 더욱 소중한 사람이라 생각하게 됐어요.

제가 영재반을 그만두겠다고 했을 때 엄마가 제 결정을 바로 받아들여 주셨잖아요. 그때 얼마나 기뻤는지 몰라요. 중간에 그만둔다는 게 큰 잘못을 저지르는 일 같아서 마음이 무거웠는데, 엄마가 괜찮다고 다른 길도 많이 있으니까 이것도 해보고 저것도 해보라고 편지를 써주셔서, 마음이 편해졌어요. 사춘기에 꼭 해야 할 일이 책상 앞에 앉아서 공부만 하는 게 아니라는 말이 특히 마음에 남아요. (엄마, 이 말 진짜죠?)

제 장래에 대해서도 곰곰이 생각하게 됐어요. 오지를 여행하는 탐험가가 되고 싶은데, 엄마가 되어 예쁜 아이를 낳고도 싶고…. 둘 다 잘 해내려면 어떻게 해야 할까 고민이 많아요. 아직 시간은 많으니까 천천히 더 생각해볼게요. 둘 다 잘 해내고 싶어요!

실은 저, 엄마 글을 읽기 전에는 엄마 원망을 많이 했어요. 오해도 많이 했고요. 엄마 글을 읽으면서, 초등학생 어린이인 제가 미리 어른이 되어보는 경험을 했어요. 세상에는 제가 모르는 문제와 생각할 거리, 배울 거리가 많이 있다는 걸 알게 됐어요. 엄마를 이해하고 공감하게 됐어요. 엄마의 이야기를 들려주셔서 고마워요. 사랑해요.

수민 드림

수린이가 엄마에게

엄마,

편지 써줘서 너무 고마워요.

제가 받아쓰기 망쳤을 때, 엄마가 아빠에게 SOS를 쳐주셨잖아요. 받아쓰기 시험 때문에 힘들었는데 아빠랑 맛있는 음식을 먹고 나니까 용기가 났어요.

처음 학교 갔을 때, 선생님이 무서워서 학교가 싫었는데 엄마가 딱 한 번만 더 가보자고 하셨잖아요. 엄마가 왜 그랬는지 이젠 알 것 같아요. 할까 말까 할 땐 한 번 더 해볼게요!

외할아버지께서 수술받으신 날, 엄마가 울음을 꾹 참고 제가 하자는 대로 가족 생일 파티를 열어주셨잖아요. 정말 고마워요.

아, 엄마 아빠가 어떻게 만나서 결혼했는지 알게 돼서 참 좋아요. 엄마 아빠에게 멋진 사랑과 열정이 있었다니 감동이에요!

엄마 아빠가 저희를 사랑해주시는 것만큼 저도 다른 많은 사람과 함께 사랑을 나눌게요. 참, 엄마 아빠의 도움으로 제 고민이 싹 해결

됐어요. 강연이는 친한 친구로 은수는 남자 친구로 마음 정리가 됐어요.

엄마, 저 꿈이 하나 생겼어요.

엄마가 글을 쓰고 제가 그림을 그려서 엄마와 저만의 책을 한 권 만드는 꿈이요. 저도 그림 그리기 연습 많이 할게요. 엄마도 글 계속 써주세요. 고마워요.

수린 드림

엄마의 글쓰기

지은이 | 김정은

초판 1쇄 발행일 2017년 7월 3일

발행인 | 김학원
경영인 | 이상용
편집주간 | 김민기 위원석 황서현
기획 | 문성환 박상경 임은선 김보희 최윤영 조은화 전두현 최인영 이보람 정민애 이효온
디자인 | 김태형 유주현 구현석 박인규 한예슬
마케팅 | 이한주 김창규 함근아
저자 · 독자서비스 | 조다영 윤경희 이현주(humanist@humanistbooks.com)
용지 | 화인페이퍼
인쇄 | 청아문화사
제본 | 정민문화사

발행처 | (주) 휴머니스트 출판그룹
출판등록 | 제313-2007-000007호(2007년 1월 5일)
주소 | (03991) 서울시 마포구 동교로23길 76(연남동)
전화 | 02-335-4422 팩스 | 02-334-3427
홈페이지 | www.humanistbooks.com

ISBN 979-11-6080-046-3 03810

* 이 도서의 국립중앙도서관 출판예정도서목록(CIP)은 서지정보유통지원시스템 홈페이지(http://seoji.nl.go.kr)와 국가자료공동목록시스템(http://www.nl.go.kr/kolisnet)에서 이용하실 수 있습니다.(CIP제어번호: CIP2017013594)

만든 사람들

편집주간 | 황서현
기획 · 편집 | 최윤영(cyy2001@humanistbooks.com) 이보람
디자인 | 송윤형
일러스트 | 방현일